리비도의 그림자

국제PEN한국본부 창립70주년기념 산문선집 09   김철교 단편소설집

International PEN—Korea Center **pen**

교음사

국제PEN헌장

국제PEN은 국제PEN대회 결의에 따라 다음과 같이 헌장을 선포한다.

1. 문학은 각 민족과 국가 단위로 이루어지나, 그 자체는 국경을 초월하여 그 어떤 상황 변화 속에서도 국가 간의 상호 교류를 유지해야 한다.
2. 예술 작품은 인간의 보편성에 바탕을 두고 길이 전승되는 재산이므로 국가적 또는 정치적 권력으로부터 간섭을 받아서는 안 된다.
3. 국제PEN은 인류 공영을 위해 최대한의 영향력을 발휘해야 하며 종족, 계급 그리고 민족 간의 갈등을 타파하는 동시에 전 세계 인류가 평화롭게 살아갈 수 있다는 이상을 실현하기 위하여 최선을 다해야 한다.
4. 국제PEN은 한 국가 안에서나 또는 세계 여러 나라에서 사상의 교류가 상호 방해 받지 않는다는 원칙을 준수하며, PEN 회원들은 각자 국가나 지역사회에서 어떤 형태로든 표현의 자유를 억압하는 데 반대할 것을 선언한다. 또한, PEN은 출판 및 언론의 자유를 주창하며 평화시의 부당한 검열을 거부한다. 아울러 PEN은 정치와 경제의 올바른 질서를 지향하기 위해 정부, 행정기관, 제도권에 대한 자유로운 비판이 필수적이고 긴요하다는 사실을 확신한다. 이와 함께 PEN 회원들은 출판 및 언론 자유의 오용을 배격하며, 특정 정치 세력이나 개인의 부당한 목적을 위해 사실을 왜곡하는 언론 자유의 해악을 경계한다.

이러한 목적에 동의하는 모든 자격 있는 작가들, 편집자들, 번역가들은 그들의 국적, 언어, 종족, 피부 색깔 또는 종교에 관계없이 어느 누구라도 PEN 회원이 될 수 있다.

국제PEN한국본부 창립 70주년 기념 선집을 발간하며

  국제PEN한국본부는 1954년에 창립되고 이듬해인 1955년 6월 오스트리아의 빈에서 열린 제27차 국제PEN세계대회에서 회원국으로 가입되었다. 초대 이사장은 변영로 선생이 맡고 창립을 주선했던 모윤숙 시인이 부이사장을 맡았다. 이하윤, 김광섭, 피천득, 이한구 등과 함께 창립의 중심 역할을 했던 주요섭이 사무국장을 맡았다.

  6·25한국전쟁이 휴전된 지 겨우 1년이 되는 시점에 이루어 낸 국제PEN한국본부의 창립은 매우 깊은 의미를 담은 거사였다. 그동안 국제PEN한국본부는 세 차례의 국제PEN대회와 8회의 세계한글작가대회를 개최하며 수많은 국내외 행사를 주최해 왔다. 이에 내년 2024년에는 창립 70주년을 맞이하게 되어 그 기념사업의 일환으로 PEN 회원들의 작품 선집을 발간하기로 하였다.

  여러 가지 기념사업을 진행하지만 회원들의 주옥같은 작품집을 선집으로 집대성하여 남기는 일은 가장 중요하고 의미 있는 일이라 생각한다.

  시와 산문으로 구성되는 선집은 우리 한국 문학사의 중요한 족적을 남기는 귀중한 역사 자료로서의 가치를 갖게 되리라고 믿으며 겸허한 마음으로 70주년을 자축하는 주요 사업으로 진행하게 된다.

  참여해 주신 회원들께 감사하며 어려운 여건 속에서도 기꺼이 출판을 맡아 준 기획출판 오름의 김태웅 대표와 도서출판 교음사 강병욱 대표에게 심심한 감사를 드린다.

2023년 3월
국제PEN한국본부 이사장 김용재

책을 내며

　우리 삶이 직면한 문제에 대한 객관적인 정답은 없다. 사람마다 성장 배경과 유전적 요소로 인해, 사고(思考) 능력과 행동 방식을 조종하는 의식과 무의식이 다르기 때문이다. 다만, 문제를 짊어진 개개인이, 심리상담, 정신의학 등의 외부조력에 의해 스스로 해결방법을 찾아갈 수 있을 것이다.
　필자는 오랜 전화상담, 인터넷상담, 면접상담을 통해, 한평생 살아가는 방법도 천차만별이고, 창조주가 마련한 설계에 따라 살아지는 것이 아닐까 하는 생각을 버릴 수 없게 되었다. 우리에게 주어진 여백은 조금밖에 없는 것 같다.
　무엇보다 깊은 심적 고통은, 많은 부분이 성(Sex) 문제인 것을 발견하였다. 예술에도, 역사에도, 도덕적인 면에도 크고 작은 성적인 문제가 개입되어 있다.

상담 과정에서 많은 사례를 수집하고 분석하여 세미나 등에서 발표한 자료들이 소설 쓰기의 밑바탕이 되었다. 우리가 현실에서 직면하는 삶의 보다 근원적인 문제가, 어떻게 무의식의 조종을 받아 운명이라는 탈을 쓰고 준동해 나가고 있는지, 조명해보는 기회가 되었다.

'임금님 귀는 당나귀 귀'라는 동화가 생각이 났다. 상담 중에 들었던 다양한 이야기들을 조합하여 픽션의 세계에서 요리해 내놓았다. 어느 누구의 이야기가 아닌 모두의 이야기로 가공하였다.

여기에 수록된 작품들은 이미 정기간행물에 게재되었던 것들을 상당 부분 수정, 보완하여 묶은 것이다.

첫 번째 소설집을 상재하며   김철교

차례

· 책을 내며

리비도의 그림자	14
메멘토 모리	36
2068년 솔롱고스로의 여행	56
가면무도회	80
버려진 등대	102
뱀 세 마리	126
따뜻한 달빛	150
붉은 보름달	178
복수초 꽃말	200
단편집 『리비도의 그림자』 시놉시스	228
해설 / **우한용**(소설가, 서울대 명예교수)	232

리비도의 그림자

내가 연합신학대학원에서 상담을 전공하고 면접상담 실습을 하고 있을 때였다. 내담자는 소유라는 환갑을 갓 넘긴 남자였는데, 상담 첫 회기에, 어떤 것이 진짜 사랑인지 모르겠다며 나름대로 생각하는 것이 맞는지 알고 싶어 상담을 신청했다는 것이었다.

"인간과의 사랑은 물론 신과의 사랑까지도 정립되지 않아서 평생 방황해 왔습니다. 제 일기장에는 '평안'이라는 단어가 가장 많이 등장하지만, 가장 갖지 못했던 것 역시 평안이었습니다. 남은 삶에서나마 평안을 얻고 싶어 왔습니다."

"잘 오셨습니다. 제가 어떤 답을 드릴 수 있을지는 모르겠습니다만, 함께 생각해보기로 하지요."

"저는 말입니다. 지금까지 성장하면서 올바른 것으로 알고 익혔던 사랑조차도 그것이 객관적 기준 - 글쎄, 누가 봐도 객관적 기준이 있는지 모르겠지만 - 그런 게 명확하지 않아요. 말하자면 저는 누구를 진실로, 아니 진실인 듯하게라도 사랑했는지 회의가 들어요."

"신의 기준과 인간의 기준은 다를 것 같은데, 어떻게 다른지, 더구나 인간의 기준이란 게 항상 변하는 것 같은데, 어떤 것이 바람직한 기준인지, 저도 분명하게 말씀드리기 어렵네요. 주어진 10회기 동안 함께 찾아보지요. 우리가 살아가는데 한 번은 꼭 물어봐야 할 질문이군요."

"저는 부모님과 사랑했던 감정도 별로 없었던 것 같아요. 두 분 모두 무난하셨지만, 가족끼리 죽고 못 사는 그런 경험은 없었어요. 더구나 이성 간의 사랑은 더욱 서툴렀어요. 하나님에 대한 사랑도 때때로 확신하지 못할 경우가 많았습니다. 차라리 하나님을 몰랐더라면 하는 생각이 들 때도 종종 있고, 동물들의 사랑이 더 인간들 사랑보다 솔직하고 아름답다는 생각도 들고……."
"그래요, 사람과 사람의 관계가, 신과 인간과의 관계보다 더 복잡한 것 같아요. 신은 무조건 인간을 사랑한다고 믿으면 되니까……. 아니 구약을 보면 꼭 그런 것 같지도 않지만요."
"사랑이 우리 삶의 전부라 할 수 있을 것 같은데 그 사랑이 사람마다, 시간에 따라, 공간에 따라 달라서 어떤 것이 참모습인지 모르겠어요. 아마 이것이 하나님께서 아담과 이브에게 내린 가장 큰 벌이지 않을까 싶어요."
"우선, 내담자께서 겪고 있는 문제들을 함께 이야기하며 찾아보기로 하지요. 최근에 무슨 일이 있으셨나요?"

*

환갑을 갓 넘긴 소유가 아내의 사십구재를 마치고 기도원으로 들어온 지도 한 달이 지났다. 선미의 포근한 젖가슴 사이에 얼굴을 묻고 있는 소유의 목을 누군가 짓누르는 바람에 꿈을 깼다. 못내 아쉬운 마음에 주위를 둘러보았으나 아무도 없고 초가을 비가 창문을 두들기고 있다. 아직도 그녀의 분홍색 향기가 코끝에 맴돌고 있다.

 서둘러 작업복으로 갈아입고 숙소에서 한 마장쯤 떨어진 기도원으로 향한다. 숙소는 마을 끝자락에 있고 기도처는 좀 더 산속으로 들어간 곳, 오래된 붉은 벽돌집이다. 이십여 평의 기도원에는 여러 명이 함께 기도할 수 있는 성전과 주방과 작은 방이 있다. 수정산 자락에 있는 자그마한 기도원은 자식이 없는 목사님의 명의로 된 제법 넓은 삼백 평 정도의 평지에 있다.

 소유는 기도원에 있는 작은 방에 머물 수도 있는데 굳이 마을 가까운 곳에 기거하고 있다. 그 방에는 돌아가신 목사님의 유품들이 남아 있기도 하고, 어쩐지 죄 많은 자신이 성전 가까이에 있자니 조금은 두려운 마음이 들었다.

 기도원 가는 길가 어스름 새벽 안개에 빨갛게 익은 고추들이 아른거려 선미의 입술 빛깔이 언뜻 떠오른다. 밭에는 기도원에서 사용할 먹거리를 재배하고 있다. 채소와 약초 등 다양한 작물을 심기 때문에 쌀을 제외하고는 비교적 자급자족하고 있다. 닭을 십여 마리 방목하고 진돗개도 한 쌍 기르고 있다. 기도원을 찾아오는 사람도 일 년 내내 몇 사람밖에 되지 않아서 식자재가 많이 필요한 것도 아니다.

 소유는 요즘 유독 기도하는 중에도 따뜻한 선미의 가슴이 아른거려 혼란스럽다. 혹시 선미에게 무슨 일이 있는 것은 아닌지 걱정도 된다. 잊으려 해도 자꾸 어른거리는 이유가 무엇인지 알 수 없다. 완성되지 못한 사랑이어서 아쉬움에 애타는 것일까? 사랑이란 완성이 있을 수 없고, 점차 세월의 흐름으로 마모되는 것이 아닐까? 육체관계야말로 사랑의 종말로 가는 유희가 아닐까? 소유는 지난 2년간 숱한 질문을 반복했다.

선미와 소유는 5년간이나 남들의 눈을 피해 사귀었다. 특히, 2년간은 정말 찐하게 사랑했다. 서로 가정을 깰 용기는 없었어도 어떡하든 핑계를 찾아내 만났다. 자주 만나 여기저기 쏘다니고 저녁 늦게 귀가할 때가 많았으나, 육체적인 쾌락은 삼갔다. 소유에게 기회가 주어지면 오히려 뒤로 물러섰다. 왜 현실에서의 욕망은 발산시킬 용기가 없으면서, 꿈속에서 만족시키고자 무의식은 충동질하는 것인가. 상상 속에는 참으로 많이도 한 몸이 되었으나 이상하게 막상 만나서는 그럴 기회가 많아도 움츠리게 되었다. 그녀가 몇 번이나 도전해 왔으나 오히려 그러면 더 주춤거렸다. 이상하게도 선미의 유혹 앞에 서면 몸이 경직되는 이유를 알 수 없었다. 나중에는 하나님께서 자신과 선미를 지켜 주시는 것이란 변명도 했다.

마음으로만 음란한 생각을 품어도 간음이라는 성경 말씀이 떠올라 항상 중얼거리는 기도가 있다. '내 주 예수 그리스도님, 제게 자비를 베푸소서.' 되뇌어도 좀처럼 무의식은 소유를 놓아줄 줄 모른다. 선미를 비록 육체적으로 범하지는 않았다고 해도 끊임없이 마음으로는 간음하는 셈이다.

같은 교회에 다니면서 유부남과 유부녀가 육체관계를 했다면 아무리 얼굴이 두꺼워도 함께 다닐 수는 없을 것이다. 서로의 가정이, 아니 한쪽의 가정이라도 깨지면 사랑은 오히려 진흙탕으로 변할 것 아니겠는가. 소유가 선미의 유혹을 뿌리치고 나서는 항상 아쉬워하면서 하는 변명이었다.

*

　선미와 소유는 그림에 관심이 많아 미술관에서 한 학기 동안 실시하는 큐레이터 자격증반에 함께 다닌 적이 있었다. 매주 목요일 저녁에, 선미는 남편의 의심 가득한 시선을 뒤로하고 거의 빠짐없이 강의를 들으러 나왔다. 강의보다는 둘의 만남을 위해 열심이었다. 선미가 남편과 싸우고 난 후 만났을 때는, 선미가 대학 다닐 때 여러 남자에게 둘러싸여 소문이 좋지 않았다는 것을 남편이 잘 알고 있기에, 항상 의심의 눈초리를 거두지 못하고 있다고 자주 투덜거렸다.
　선미는 할 일 없이 빈둥거리는 일상보다는, 경제적으로도 여유가 있기에 미술대학원에 입학하기로 마음먹었다. 고등하교 때 공부에 별로 흥미가 없어 마땅히 갈 학과도 없었던 차에, 아버지의 권유로 집 가까이에 있는, 원서만 내면 들어갈 수 있는 대학에서 동양화를 전공했다. 아버지는 그림만 잘 그리면 되었지 어느 대학에 갔느냐가 중요한 것이 아니라고 말씀하셨다. 그러나 대학 다닐 때도 그림보다는 친구들과 놀기에 바빠 겨우 졸업했다. 졸업 후에는 바로 결혼하는 바람에 그림 그리기를 중단했다. 마침 자식들도 다 자랐고, 무엇을 해야 할지 망설이고 있던 참에 제법 큰 갤러리 관리인이었던 소유와 인연이 되어 다시 그림에 관심을 두게 되었다.

소유가 선미를 여자로 느끼기 시작한 것은, 선미가 미술대학원에 입학하기 위해 제출해야 할 포트폴리오를 준비할 때였다. 소유는 선미가 미술을 전공했다는 이야기를 듣고, 함께 쏘다녔던 전시회에서 본 그림들을 패러디한 그림을 그려달라고 부탁했었고, 선미는 정성껏 그려주었다. 미술대학원에 들어가기 위해서는 자기가 그린 작품의 사진을 모은 포트폴리오를 제출해야 하므로, 소유에게 그려준 그림의 사진이 필요했다. 소유에게 그려준 그림만큼 정성을 다해 그린 그림도 없었다.

　선미는 소유가 혼자 사무실로 사용하고 있는 오피스텔로 저녁 시간에 찾아왔다. 그전에는 그냥 예쁜 아줌마라는 정도로 알고 있었는데 그날 저녁 소유 눈에는, 보티첼리가 그린 「비너스의 탄생」속의 비너스처럼 보였다. 혼자 있는 방에 50대 초반의 농익은 여인이 찾아오자 소유는 긴장이 되어 자료를 챙겨주기에 급급했다. 선미가 그려줬던 그림을 사진으로 찍어 USB에 담고 또 프린트까지 해서 건네주고 나서 무얼 해야 할지 망설이고 있는 소유에게, 선미가 미소를 띠고 빤히 바라보았다.

　"아저씨, 제게 차라도 한잔 권해야 하는 것 아녀요?" 선미는 장난스럽게 소유를 아저씨라고 부르기를 즐겼다.

　"아, 네, 잠시만 기다리십시오. 오늘은 유난히도 아름다운 여신 앞에 서니 정신을 차릴 수 없어서 그만……."

　찻물을 끓이며, 책꽂이에서 도록을 뽑아 뒤적이고 있는 선미의 뒷모습을 찬찬히 바라보았다. 외투를 벗은 선미는 초겨울 옷차림이었지만, 몸에 착 달라붙는 분홍색 티셔츠에 곡선미가 분명하게 드러나 있고, 관능적인 그녀의 향기를 한껏 풍기고 있었다. 알맞춤한 머리는 검게 윤기가 흐르고, 잘 손질해서 여느 모델 못지않은 정성이 가득 배어 있었다.

선미는 미소를 머금고 뜨거운 물에 녹차 봉지를 넣는 소유에게로 가까이 다가왔다. 향긋한 선미의 체취가 소유의 온 정신을 보쌈해버렸다.

"손이 떨리시네요. 어디 불편하세요?" 장난기 어린 웃음을 머금고 다가와 찻잔을 받아들었다.

"이 밤중에 미인과 단둘이 있으니 제 심장이 정신없이 헤매고 있네요."

"참 아저씨, 며칠 전에 함께 관람한 클림트의 「키스」와 에곤 실레의 「추기경과 수녀」 생각나세요?"

소유는 갑작스러운 질문에 어리둥절했다. 하필이면 지금 같은 상황에서 키스 이야기를 하니 당황할 수밖에 없었다. 에곤 실레는 클림트의 「키스」를 모방했지만, 그림 속 남녀가 추기경과 수녀로 바뀌어 있다.

"클림트의 「키스」와, 에곤 실레의 「추기경과 수녀」 둘 다 남녀가 키스하는 장면인데 어떤 키스가 더 황홀할까요?"

"글쎄요. 보는 사람의 입장에서는 클림트의……."

"클림트의 「키스」에서 볼 수 있는 몽환적이고 에로틱한 남녀의 키스는 긴장감이 없어요. 추기경과 수녀의 표정을 보세요. 남의 눈을 의식하는 것이 역력해요. '이러면 안 되는데…….' 하면서 점점 빠져드는 혼란스러움이 더 자극적이지 않나요?"

"그렇기는 하겠네요. 그런데 달콤한 맛은 느낄 수 없을 것 같은데요. 두려움과 어색함 때문에 무슨 키스 기분이 나겠어요?"

"그럴 수는 있겠네요. 에곤 실레는 그의 많은 작품에서 성적 욕망과 내적 고뇌를 표현했답니다. 에곤 실레의 키스는 우리 같은 불륜 남녀에게 특히 사실적으로 다가오지요." 선미는 재미난 표정으로 소유를 놀리듯 키스하는 몸짓으로 말했다.

"불륜은 무슨……."

"수녀의 눈빛이 더 재밌어요."

"대부분 사람에게는 에고와 슈퍼에고가 리비도를 적절히 통제하고 있으므로 겉은 거룩하고 속은 야한 것이지요. 우리의 무의식은 더 위선적으로 우리를 몰고 갑니다. 사탄의 유혹이지요. 그래서 더 자극적이지요. 그런데 적절한 통제가 없으면 사회가 유지되겠어요?" 소유는 어색함을 털어버리려는 듯 정색을 하고 선미에게서 좀 떨어지면서 이야기를 이어갔다.

"제 생각은 리비도에게 몸을 내맡기는 게 더 솔직한 것으로 생각돼요. 위선이라는 죄책감이 없어, 심적인 혼란과 고통을 줄여줄 수 있어요. 종족보존을 위해 준 리비도인데 그것을 도덕이라는 보자기에 싸서 위장하려고 하니 세상은 더 험해지고 있어요. 정신병이 현대 사회에 만연한 이유의 하나가 아닐까 싶어요. 다행히도 최근 간음을 형사 처벌하지 않는다고 합니다. 자연스럽게 리비도를 발산하도록 내버려 두는 것이 사회를 더 건강하게 할 것 같아요."

"그렇긴 하겠네요. 성매매도 네덜란드나 영국 등 적지 않은 나라에서 허용하는 것도 그 이유 아니겠나 싶군요. 리비도를 강하게 억누르면 동물적인 욕망이 어디로 튈지 모르지요. 차라리 알량한 도덕을 외치기보다는 좀 더 큰 안목으로 사회를 안정시킬 수 있겠네요."

잠시 선미는 소유를 빤히 쳐다보더니 소유의 입술에 자기 입술을 살짝 댔다. 소유는 얼떨결에 선미를 부둥켜안았다. 선미는 벗어나려고도 하지 않은 채, 빤히 소유를 쳐다보았다.

"우리가 이래도 괜찮을까요?" 선미는 피하기보다 오히려 더 안겨 왔다. 소유는 포옹을 풀고 아쉬운 듯 멋쩍어했다. 소유는 어떻게 차를 마셨는지 정신이 없었다.

"이만 가봐야겠어요. 남편은 오늘 출장을 가서 집에 없기는 하지만……." 선미는 머리를 매만지며 붙잡기를 바라는 눈치였으나 소유가 어색해하고 멍하니 쳐다보기만 하자 아쉬운 듯 조촘조촘 느린 동작으로 문을 열고 나갔다. 소유는 선미가 나가는 뒷모습을 물끄러미 보고 한참만에야 정신을 차렸다. 왜 그녀를 그냥 보냈는지 후회가 물밀 듯 다가왔다. 따뜻했던 그녀의 입술과 뭉클하게 가슴을 눌렀던 촉감이 아직도 남아 있었다.

*

선미와 소유의 마지막 만남은 제부도에서였다. 국제아트페어를 코엑스에서 보고 나서, 서해안 일몰을 구경하고 조개구이를 먹으려고 제부도에 갔다. 한참을 지는 해를 바라보더니, 혼잣말처럼 중얼거렸다.

"석양이 참 아름답네요. 이별이라서 그런가……."

"내일 아침에 다시 뜰건데요. 사람들은 같은 태양인데 왜 석양은 싫어하고, 일출을 보러 여기저기 찾아다니는지 모르겠어요."

"그렇지요? 석양도 일출이 있으니까 아름답게 느껴지는 거지요. 내일 다시 본다는 희망없이 계속 캄캄한 밤이면 절망이지요."

"저 아름다운 석양을 보면서 왜 우울해하시나요?" 소유는 전시회에서 그림을 구경하는데도 시종 선미의 얼굴이 밝지 않아서 무슨 일이 있었는지 물었다.

"남편이 우리 만남을 눈치챈 것 같아요."

"……."

"며칠 전 우리 둘이 정답게 어깨동무하고 찍은 사진을 우연히 남편이 제 핸드폰 앱을 손봐주다가 보았어요. 너무 몸을 밀착시키고 웃고 있는 사진이라서 의심 살 만도 했어요."

소유도 선미도 사진 찍기를 좋아했다. 사진에 흥미가 있어서 '예술의 전당 실기아카데미'에서 사진찍기 단기강좌를 함께 수강한 적도 있었다. 소유는 함께 사진을 찍을 때마다 따뜻한 선미의 체온이 좋아 남들에게 부탁하면서도 서슴없이 꼭 붙어서 부부인 척 사진을 많이 찍었다.

석양이 선미의 눈동자에서 불타고 있었고 눈물방울에도 붉은 태양이 아른거렸다. 선미는 소유에게 가정을 깰 용기가 있냐고 물었다. 자기는 자신이 없다는 것이었다. 소유는 선미의 입술에 자기 입술을 살짝 포갰다. 선미는 에곤 실레의 「추기경과 수녀」

에 나오는 수녀 같은 표정이었다.

"선미씨 입술에서는 연꽃 향기가 납니다."

"정말요? 제가 저 깊은 바다에서 심청이처럼 연꽃에 앉아 솟아올랐나요?" 선미는 장난기 어린 얼굴로 소유를 바라보다가 팔짱을 꼈다.

"가요. 배고프네요. 아까 주차했던 조개구이집으로 가지요."

윤슬 위의 다짐

해가 서쪽 수평선에 걸터앉아
끈끈한 시선으로 아쉬워하지만
동쪽에서 환희의 다리로 열리는
내일의 바램이 있습니다
바다 위에 펼쳐지는
아침 만남의 다리와 저녁 헤어짐의 다리는
모두 붉은색입니다

겨울 석양을 등진 시린 웃음 속에서
단단한 약속이
불타고 있음을 보았습니다
세상의 두꺼운 벽을
한 방울 한 방울 사랑의 물방울로
꿰뚫겠다는 다짐이
바다를 흥건히 핏빛으로 적시고 있습니다

이승에서 어설피 엮인 이야기지만
화폭 속에서든
다음 세상에서든
언젠가는 한 송이 꽃으로 용궁에서 솟아올라
온 세상을 떠들썩하게
잔치를 베풀겠습니다

   귀가하는 차 속에서 둘은 별 이야기도 하지 않고 오랜 침묵이 계속되었다. 집에 도착했을 때쯤, 선미는 저녁 내내 할 이야기가 많다고 했다. 집에 도착했어도 차에서 내리지 못하고 동네를 여러 바퀴 돌다가 겨우 집 앞에 내려 주었다. 서로 헤어지기 싫었으나 소유는 선미를 따라갈 용기가 나지 않았다.

*

   성전에서 성경을 필사하다가 이 생각 저 생각 하느라 정신이 집중되지 않아 벌떡 일어나 밖으로 나왔다. 기도원에 오던 날부터 성경 필사를 시작했는데 오늘은 호세아 3장을 필사하는 중이었다.

   주께서 내게 말씀하셨다. "호세아야, 너는 가서 네 아내를 다시 사랑해 주어라. 그녀에게는 다른 사랑하는 자가 있으며, 너에게 부정한 아내였다. 그러나 이스라엘 백성이 다른 신들을 섬기며 건포도 빵을 좋아하더라도 내가 그들을 사랑했듯이 너도 그녀를 사랑해야 한다."

정원을 산책하다가 기도원 입구 쪽에 있는 의자에 앉았다. 의자 건너편에는 어린 예수님을 안고 있는 실물 크기의 마리아가 웃으며 소유를 바라보고 있다. 몇 년 전 목사님에게 들었던 이야기가 떠올랐다.

조각을 전공한 가톨릭 신자가 반년 정도 머무르면서 모든 것을 잊으려는 듯 나무에 마리아상을 미친 듯이 조각했다고 한다. 마침 기도원 입구에 아름드리나무가 벼락을 맞아 중간쯤 부러진 채 방치되어 있었는데, 그 나무에 마리아상을 조각하겠다고 해서 허락했다는 것이다. 왜 여기 기도원에서 마리아상을 새기려느냐고 물어도 웃기만 할 뿐이었고, 어디 사는 누구이며 무엇을 하는지 물어도 대답도 없었다고 한다. 자신의 어머니를 생각하면서 조각했는지, 아니면 아내를 생각하며 조각했는지 모르겠다는 것이었다.

기도원 주인인 목사님은 어느 교파에도 속하지 않아서, 가톨릭 신자도 자유롭게 기도원에서 기도하도록 허용했고, 본인도 고민되는 문제가 있을 때, 가톨릭 예수회에서 운영하는 '말씀의 집' 수도원의 침묵 피정에 참여한 적도 있었다. 독립교회연합회에서 목사안수를 받고 교회를 세웠다. 교단 소속이 아닌 대학에서 신학을 공부한 사람들이 일정 절차와 고시를 통과해 목사안수를 받을 수 있다.

소유는 의자에 앉아 마리아상을 한참 멍하니 응시한다. 자살한 마누라의 슬픈 얼굴과 선미의 요염한 얼굴이 겹쳐 온다.

"조각가는 마리아상을 만들다가 이 의자에 앉아 바라보며 무슨 생각을 했을까."

  결혼 후 얼마 되지 않아 마누라가 다른 남자와 만나는 것을 알게 된 소유는, 마누라가 무슨 말을 해도 믿지 못했고 평생 큰 트라우마가 되어 괴로워했다. 결국, 마누라가 자살에 이르게 된 것은 소유 자신 때문이라고 자책하기도 했지만, 오히려 후련하다는 생각이 들기도 했다.
  아내에 대한 반발로 여러 여성과 사귀기도 했고, 회사에 다닐 때 손님을 접대한답시고 화류계도 빈번히 들락거리며 다른 여성들과 밤을 보낸 적이 적지 않았다. 몇몇 회사 여직원들과도 사귀었으나, 돈으로 산 여성 외에는 육체관계를 극도로 삼갔다. 약간의 도덕적 양심 때문이라 할까, 여하튼 자기 몸을 던져오는 여자들 앞에 서면 경직되어 버렸다.
  소유는 빈 의자에 앉으면 항상 건너편 마리아에게 묻기도 하고 하소연도 했으나, 항상 대답은 얻지 못하고, 그저 다람쥐 쳇바퀴 돌 듯 매일이다시피 질문만 계속했다. 남들이 보면 혼자 중얼거리는 모습이 정신 나간 사람처럼 보일 것이었다. 다만 여기 기도원 마당에는 지나는 사람이 거의 없으니 소유는 마음 놓고 하고 싶은 이야기를 했다.

*

  자살한 아내의 사십구재를 마치는 날, 이 기도원에 왔을 때, 밭에는 잡초가 우거져 있었고, 거의 버려지다시피 되어 있었다.

기도원의 소유자였던 목사님은 돌아가셨고, 친척뻘 되는 젊은 전도사가 교회를 회복시키기 위해 안간힘을 쓰고 있었던 때라, 멀리 떨어져 있는 이 기도원에는 아무도 신경을 쓰지 않았다.

서울 변두리에 세워진 중규모의 성신교회는 교인이 한때는 200여 명에 이르렀다. 목사의 친구였던 어느 장로의 헌금으로 교회 명의로 이 기도원을 샀으나 그 장로도 죽은 지 오래되어 목사의 소유가 되었다. 목사는 자식도 없었다. 십여 년 전 교통사고로 가족을 다 잃고 목사 혼자 살아남아 교회를 이끌었으나, 교통사고 이후 목사님이 열심을 잃으니 교인들이 거의 다 떠나가고 늙은 권사 몇 사람과 뜨내기 교인들만이 예배에 참석하고 있었다. 목사도 교통사고 후유증으로 얼마 살지 못했다.

소유는 젊었을 때, 목회자가 되기 위해 신학대학에 다녔다. 그러나 위선적인 사기가 목회자가 된다는 것이 두려워, 졸업 후 친척이 소유한 큰 그룹에 속해있는 무역회사에 다니게 되었고, 50줄에 들어서는 퇴직하고 방계회사인 갤러리 관리인으로 자리를 옮겼다.

신학대학에 다닐 때 어떤 교회가 천국을 닮았을까 새벽마다 묵상하기도 하고, 수도원에 가서 자주 피정을 하면서 생각해보았지만 결국 자신은 이 지상에는 교회를 세울 수 없다는 생각에 목회자의 길을 포기했다. 돈과 여자 문제에 얽히지 않을 자신이 없기도 했지만, 무엇보다 천국을 닮은 교회가 어떤 것이어야 하는가 분명한 설계도가 잡히지 않았기 때문이었다.

신학대학에 다니면서 교육전도사로 몇몇 교회에서 봉사했지만, 눈에 차는 교회가 없었다. 규모가 큰 대형교회에 들어서면 웅장하여, 마치 구약의 하나님께서 우렁찬 목소리로 호령하고 계신 느낌이었다. 워낙 교인들이 많아 다른 사람 눈치를 볼 필요가 없어서 좋기는 했다. 직책을 맡았어도 담당 행사 때 나가지 않아도, 대체할 사람이 있으므로 교회에서도 별 어려움이 없었다.

인재가 차고 넘친다고 할까. 현대 도시민들이 큰 교회를 좋아하는 이유다. 사회생활에서도 인간관계로 스트레스를 받는데, 교회에 와서까지도 그렇다면 어떻게 살겠는가. 남들 눈치 보지 않고 오직 하나님만 바라보고 나간다는 미명하에, 그저 선데이 크리스천으로 사는 사람이 많다. 큰 교회들은 날로 거대한 공룡이 되어 가고 있다. 그러나 신앙의 크기와 교회의 크기는 정비례하는 것 같지 않다. 빈익빈 부익부의 현대 사회를 교회도 닮아가고 있다.

중소규모의 교회는 성도들이 서로 잘 아는 사이여서, 가족 같은 분위기라 좋긴 하지만, 너무 가까워지면 상처받기 쉽고 상처가 잘 회복되지 않아 떠나는 성도가 적지 않다. 서로 수준이 비슷비슷한 사람끼리만 어울리게 되고, 너무 잘나가는 사람들이나, 형편이 어려운 사람들은 왕따 당하는 경우도 적지 않다. 성도 간의 갈등이 있을 때, 어지간히 신앙심이 깊거나 눈치가 무딘 사람 외에는 배겨나기가 그리 쉽지 않다. 제법 오래 교회 일에 적극적으로 영향력을 끼치던 사람들이 떠나게 되는 것도 바로 인간관계 때문이다. 이단들이 횡행하는 이유도 말씀 때문이 아니라 인간관계 때문에 실망한 교인들이 의외로 많기 때문이다.

　중소규모 교회의 경우, 갈등 관계를 조정할 수 있는 목회자의 역할이 매우 중요하다. 목회자는 말씀을 연구하고 전하는 데보다는, 인간관계에 신경을 더 써야 한다. 교회는 목회자의 능력만큼 성장하고, 목사의 그릇 크기가 교회의 크기와 비례한다는 말이 있다.

　소유는 새벽부터 수시로 기도원 예배실에 들른다. 십자가만 걸려있는 작은 방이지만 아늑하여 마음이 편하다. 사회의 어느 교회에서도 느낄 수 없는 평안이 있다. 가끔 몇 사람이 기도하러 찾아오지만 서로 다가가지 않으려 노력한다. 헌금도 주보도 성가대도 예배시간도 따로 없다. 언제나 누구나 자기 집 들르듯 왔다 간다. 소유는 이곳이야말로 능히 예수님을 만날 수 있는 곳이라고 여겨졌다.

　도심에 있는 교회는 어쩐지 문이 열려 있어도 남의 집에 들어가는 느낌이다. 혹시 관리집사라도 만나게 되지 않을까 걱정이 되어 깊은 기도에 들어갈 수도 없다. 아무 눈치도 보지 않고 기도할 수 있는 장소가 있어야 한다. 전혀 밖을 신경 쓰지 않아도 되는, 오직 하나님만 찾을 수 있는 공간이 필요한 것이다. 그런 필요성에서 너도나도 기도원을 세워 운영하는 것이 유행일 때가 있었다.

　교회는 대형화되어 가도, 기도원은 작을수록 더 좋다. 기도원을 찾는 사람은 하나님을 더 가까이하기 위한 신실한 사람도 있지만, 현대 사회에서 적응하기 힘들어서 찾는 사람이 더 많다. 남의 눈치를 보지 않고 자신을 돌아보고 기도에 전념하기 위해 기도원을 찾는다. 그런데 대형교회일수록 기도원도 크기만 하다. 대형 기도원에서 마치 성령의 불길이 휩쓸고 지나가듯이 난리를 치는 집회가 자주 열리지만, 그때뿐, 사회에 나가서는 그 은혜가 쉽게 식어버리고, 참 위안을 찾을 수 없다. 오로지 마약에 취한 것처럼 – 목사는 이를 성령의 불이 임했다고 하지만 – 잠시 외로움을 잊는 것이지, 내면 깊숙이 들어가 자신을 돌아보고 마음에 낀 그림자를 의식화시켜 치유하는 효과는 없다. 작은 기도원에서는 남의 눈치를 보지 않고 오직 하나님만 바라볼 수 있으므로 근본적인 치유의 손길을 경험할 수 있다. 그런데 예수님은 선교를 강조하셨다. 기도원에만 처박혀 십자가만 바라보고 자기만족에 취해 있는 것은 예수님의 뜻이 아니다.

  소유로서는 어떤 형태의 교회든 운영할 자신이 없었기 때문에 회사에 취직해 버렸다. 교회는 사랑이어야 하는데, 어떻게 해야 교인들을 맑고 밝은 마음으로 사랑해야 하는지 확실한 그림이 그려지지 않았다. 자기 한 몸도 추스르기 어려운데 무슨 선교란 말인가. 아름다운 여인만 보면 리비도가 슬그머니 고개를 드는데 무슨 맑은 사랑이란 말인가. 자기 자신만 그런 것이 아닌가 하여, 목사의 길로 들어선 대학 동기들을 만나 이야기를 해보면, '거기가 거기'라는 것을 확인하고는 위안을 삼기도 했다.

  소유는 밖으로 나와 의자에 앉아 성모상을 바라보기도 하고 주위에 핀 흰색 마가렛을 바라보는 것이 요즘 일과 중 하나다.
"저 꽃 속에 천국이 있지 않을까? 저 꽃 속에는 어떤 사람들이 살고 있을까? 거기는 저절로 하나님 뜻에 합당하게 살아질까? 하나님 뜻이 뭘까? 단순히 하나님 사랑, 이웃 사랑? 그러나 아무리 애써도 그리 살아지지 않는다. 원래 인간이란 이기적이고 본능에 휘둘리어 살게 마련이 아닐까? 천국은 꿈에 불과한 것이 아닌가?"

성욕과 물욕과 명예욕에 한없이 이끌렸던 소유의 젊은 시절은, 하나님이 이끄시는 삶이었다고 자신할 수 없다. 거리에 나가보면 다들 멀쩡한 신사 숙녀들이 넘쳐난다. 그런데 과연 그들의 내부도 저렇게 말쑥할까? 나이가 들었어도, 소유의 마음속에는 항상 성적인 욕망이 꿈틀거렸다. 아름다운 여인들을 보면, 품고 싶은 욕망이 용솟음치곤 했다. 한때 사귀던 여인이 떠나면 다른 여인이 마음속에 들어와 끝없이 성적 욕망을 부추겼다. 막상 기회가 주어지면 뒤로 물러서게 되고 결국은 몸을 섞지는 않았으나 그 놓친 기회에 대해서 후회하는 것이었다. 하나님께서 지켜 주셨다고 위안을 삼았다.

요즘은 찬송가 301장 마지막 절을 자주 흥얼거린다.
"주님 다시 뵈올 날이 날로날로 다가와 무거운 짐 주께 맡겨 벗을 날도 멀잖네. 나를 위해 예비하신 고향 집에 돌아가 아버지의 품 안에서 영원토록 살리라."

그 고향 집은 어떤 곳일까? 나름대로 그려보는 것이 습관이 되었다. 그러나 그때마다 자신에게 '이 찬송가가 내 마음속에 공감을 일으키고 있는가?'라고 자문하면 '예'라고 자신할 수가 없다. 친구 목사들처럼 적당히 타협이 되지 않는디.

*

소유는 1년쯤 지나 어느 정도 평정을 찾았다 싶어 기도원을 나와, 다니던 교회를 찾았다. 교회에 다닐 때 이웃집에 살던 권사님을 만나서, 선미가 결국 교회를 떠났다는 소식을 들었다. 소유가 홀연히 사라진 후 얼마 지나지 않아, 선미가 소유 소식을 들으려고 권사님을 찾아왔다. 선미가 눈물로 소유와의 지난 일들을 소상히 이야기하고, 소유에게 봉투 하나를 꼭 전해달라는 부탁을 남기고 교회를 떠났다.

선미도 잘 아는 그 권사님은 소유의 친척이었고 청상과부로 홀로 살면서 교회 일에 평생 헌신적인 분이다. 권사님 자제분은 아들 하나로, 교회 반사를 하면서, 교회에서 만났던 여성과 결혼해서, 초등학교 선생님으로 잘살고 있다.

"선미 집사님은 이혼했대요. 제부도에서 키스하는 장면을 마침 지나가던 남편의 친구가 보고는 남편에게 이야기했다고 합니다. 제부도에서 둘이 정답게 찍은 사진들이 집사님의 핸드폰에 저장이 되어 있었는데 그것을 남편이 보고는 확신했다고 합니다. 자주 남편과 싸우고는 결국 이혼을 하고, 자기 고향으로 돌아간다고 했습니다."

소유와 선미는 서로의 고향이야기는 한 적이 없어 선미가 어디로 갔는지 짐작할 수 없다. 안다고 해도 찾아갈 용기가 없다. 소유는 성격상 한번 헤어진 여자와는 절대로 다시 만나려고 하지 않았다. 자기가 거부했던, 상대방이 돌아섰던 마찬가지다. 때로는 자신이 너무 냉정한 사람이 아닌가 하는 생각이 들기도 했지만, 자기 의지와는 상관없이 찾아지지 않았다. 소유는 기도원으로 돌아와 선미의 편지를 개봉하지도 않고 태워버린다.

메멘토 모리

어젯밤 잠을 설친 탓에 태형은 느지막하게 자리에서 일어나 방문을 연다. 앞산 그리매가 밤나무 가지들 사이를 뚫고 밤꽃 향기를 머금은 채 길게 앞마당 텃밭으로 드리우고 있다. 섬진강 쪽에서 올라오는 물안개가, 마당가에 일찍 핀 흰 해당화 꽃향기를 앞세우고 서서히 다가온다. 이 집에 누가 사는지 인사차 방문하여 기웃대고 있는 것이다. 오랫동안 폐가로 있던 집에, 혼자 부지런을 떨고 있는 사내가 누군지 궁금하다는 듯이.

도시 중심의 경제발전이 시골집을 폐가로 만들었고, 문명의 발달이 삶을 파편화시켜 버렸지만, 잃어버린 낙원을 찾아야 한다는 꿈은 여전히 유효한가 보다. 그동안 버려졌던 산골 빈집에도 저녁에는 하나둘 불 밝혀지는 숫자가 늘어나고 있다. 저녁이면 이따금 컹컹 짖는 개들이 적막을 몰아내고 새벽에는 수탉들이 부지런히 아침을 깨운다.

이곳으로 이사 온 후 이처럼 짙은 물안개가 찾아오기는 처음 있는 일이다. 아니, 그가 오늘에야 비로소 느꼈는지도 모른다. 한평생을 안개 속에서 살아온 그다. 아무것도 보이지 않을 만큼 두꺼운 미움과 가증스런 사랑 속에서 몸부림치고 살아왔던 것이다.

이제 두 얼굴을 가지고 살아온 가면을 벗고, 물과 나무와 새와 어울려 한 폭의 산수화를 구성하며 살기 위해, 안양으로 올라갈 빌미가 되는 것은 다 정리하고 내려온 것이다. 마루 구석에 놓여 있는 빨간색 유선전화가 세상과 연결된 유일한 끈이다. 이나마 그가 이사 온 첫날 이 마을 이장이 인사차 찾아와서는 비상 연락망이 꼭 필요하다고 강권하여 설치하게 된 것이다.

　작은 방 두 칸과 부엌이 있는 이 집은 그의 문중 산을 보살피던 산지기가 살던 집이다. 부드러운 곡선을 이루고 있는 봉우리가 두 개나 되는 큰 산이지만 제법 가팔라서 인적이 드문 산골짜기다. 아들이 판사가 되어 서울로 올라갔고, 산지기도 아들 따라 상경하는 바람에, 집은 물론 앞에 제법 널찍한 텃밭이 오랫동안 묵혀 있었다.

　그는 판사가 되어 서울로 떠난 산지기 아들이 안됐다는 생각이 들었다. 평생 죄인을 닦달하며 살아야 하는 삶은, 그가 교회에서 원죄에 찌든 성도들을 상대로 살았던 것과 무엇이 다른가. 판사와 목사, 명시적인 죄인과 묵시적인 죄인을 평생 상대해야 하는 직업이다. 더구나 판사나 목사 모두 자신들도 크고 작은 죄인들이면서 남의 죄를 다스려야 하는, 이 세상에서 가장 안쓰러운 사람들이 아니겠는가 싶다.

　그가 담임목사로 있던 교회를 사직한 후, 가족도 모두 정리하고 여기에서 남은 생을 보내겠다고 각오한 것은, 교회와 가정 모두가 그동안 엄청난 바윗덩어리가 되어 그를 짓눌러 왔기 때문이었다. 가식적 사랑으로 가득한 세상을 버리고, 혹시나 자연 속에서나마 맑고 밝은 마음을 가질 수 있을까 하는 기대로 여기 하동군 북촌면 방화리 산골짜기를 찾은 것이다. 한편으로는 후련한 느낌이 들면서도, 여전히 세상에 대한 아쉬움이 마음속에 찌

꺼기로 가라앉아 있다. 열심히 세속의 때를 닦아 내리라고 매순간 다짐하고 있다.

집 건너편 계단을 이루며 묻혀 있는 조상들에게 시시때때로 살아가는 법을 묻고 있지만, 언제나 묵묵부답이다. 선조님들도 해답을 줄 수 있을 것 같지는 않다. 결국 그 해답은 영원히 그의 몫이 아닐까.

제법 큰 교회를 이루었지만, 태형에게는 목사로서 부끄러운 이십 년의 세월이었다. 더 이상 이중적인 삶을 유지할 수 없을 것 같아서 담임목사직을 내려놓았다. 교회마다 매년 11월경이면 다음해의 계획을 세우기 위해 열리는 정책당회가 있다. 중요한 교회 정책이 논의되는 자리다. 그는 지난해 11월 정책당회 때에 전격적으로 후임목사를 선정하도록 당회에 일임하였다. 원래 담임목사의 정년은 70세이지만, 그가 60세에 사직을 하겠다고 하자 모든 장로들이 깜짝 놀랐다. 하도 완강히 사임하겠다고 우겨서 담임목사 청빙위원회가 구성되었다. 후임 목사가 선정되자 개인적인 모든 것을 급히 정리한 후 이곳으로 내려온 것이다.

지금까지 그가 이십 년을 미치도록 뛰어, 일요일 예배 때마다 천여 명의 교인들이 모이는 제법 큰 교회를 이루어놓았다. 장로들이 그를 원로목사로 추대하고 계속 교회를 도와주기를 바랐지만, 미련 없이 뿌리치고 여기에 온 지 아직 채 1개월도 지나지 않았다.

오 년간이나 주위 사람들 몰래 사귀어온 소진 집사에게도 아무 말을 하지 않았다. 태형이 사임한다는 소식을 들은 후부터 그녀로부터 불이 나도록 전화가 왔지만 일절 받지 않고 안양을 떠나왔다. 아무리 생각해도 그녀와의 사랑이 좋은 결말을 얻을 수 없을 것 같았다. 솔로몬이 밧세바를 탐한 후에 그녀의 남편을 전선으로 보내 죽인 것처럼, 자신도 그렇게 변할 것 같은 두려움이 항상 그를 괴롭혔다. 세상을 떠들썩하게 사랑을 한들 무슨 의미가 있을까 싶었다. 많은 사람을 다치게 할 사랑이라면……. 그동안 아내의 부정행위 때문에 한평생 십자가를 지는 고통을 안고 살아오지 않았던가. 또 다른 십자가를 남에게 지울 수는 없을 것 같았다.

그의 명의로 되어 있는 제법 많은 부동산은 아내와 두 아들에게 모두 증여를 해버리고 혼자 내려왔다. 작은아들은 내 아들이요, 큰아들은 아내 아들이라고 항상 생각하며 살아온 그였다. 아내에 대한 원망과 큰아들에 대한 미움과 작은아들에 대한 안쓰러움을 보상하기 위해 많지 않은 재산이지만 골고루 나눠주고 내려왔다.

*

태형에게는 아주 큰 트라우마가 있어 평생 그 굴레를 벗어나지 못하고 있었다. 아내 때문이었다. 찢어지게 가난했던 시절, 안양에 있는 시골 마을에 살았을 때, 두 살 아래인 지금의 그녀를 만나 결혼했다. 그는 제법 똑똑한 편이어서 중고등학교 시절 공부도 잘했다. 낮에는 회사를 다니면서 야간에는 공과대학을 졸업한 후 군 복무 중에 건넛마을에서 중매가 들어 와 결혼을 하게 되었다.

그런데 결혼 첫날밤에 어쩐지 무언가 찜찜했다. 가냘픈 처녀의 모습으로는 어울리지 않게 배가 좀 불러 있었다. 그녀의 친정은 양반집 후손 가문에 제법 부유한 편이었다. 그녀는 마을에서 정숙하기로 이름이 나 있었다. 매파를 통해 혼사 이야기가 오가고 처가에서 서둘러 휴가 중에 약혼을 했다. 약혼 후 4개월이 지나 군대를 제대하자마자 결혼을 하게 되었다. 결혼 초기에 아내는 남편인 태형에게 무언가 말을 할 듯하면서도 그저 애처로운 눈빛만을 보낼 뿐이었다. 결혼 후에 다섯 달 만에 아들을 낳았는데 언청이였다. 의사 말로는 이런 아이를 낳는 이유는 세 가진데, 하나는 성병, 다른 하나는 근친상간, 그리고 유전이라고 했다.

그는 아내에도 그 누구에게도 아무것도 묻지 않고 남몰래 속앓이를 할 뿐이었다. 그는 사실대로 모든 것이 밝혀지면 가정이 깨질까 두려워 묻지를 않았고 그녀 역시 주위 시선이 두려워 모른 척 지내왔다. 그는 항상 어릴 때부터 의심이 가는 것이 있어도 묻는 용기가 없었다. 특히 무언가 밝혀지면 현상 유지가 깨어질 것 같은 상황에서는 더욱 묻기를 두려워하고 봉합해 버리는 성격이었다.

그와 그의 아내는 항상 불안하고 찜찜한 생활을 유지하면서도 갈라설 용기가 없었다. 크고 작은 말다툼과 가정불화는 지속되었지만 그마저도 습관화되었고, 더구나 언청이인 큰아들의 아버지가 누군가에 대해서는 아무도 일절 입을 떼지 않았다. 그것은 모두에게 파멸을 가져올 큰 화산폭발이 될 것이라는 두려움이 은연중에 가정을 지배하고 있었기 때문이었다.

그가 아내와 살아온 지난 세월, 집에 들어와 깔끔한 마음이었을 때가, 손가락으로 셀 수 있을 만큼도 없었던 것이다. 꿈속에서도 자주 동물과 성교하는 꿈을 꾸고는 했다. 꿈속에서 만나는 세상은 밝고 화창한 장면이 거의 없었다. 항상 어두침침하고 동굴이나 다리 밑 혹은 알 수 없는 삭막한 건물 안에서 애를 쓰며 탈출하려는 꿈이 많았다.

큰아들을 볼 때마다 아내에 대한 울화가 치미는 것이었다. 이러다 폐인이 되겠다 싶어, 첫 아이가 태어난 지 얼마 되지 않아 자그마한 전파사 가게를 냈고 미친 듯이 일을 했다. 제법 돈도 벌었지만, 술집에서 아가씨들과 어울리다 보니 돈이 모이지를 않았다. 아내도 아무 불평 없이 묵묵히 견뎌냈다. 술 마시고 행패를 부리거나 시비를 거는 것이 아니라 집에 들어오면 그냥 잠드는 성격이었기 때문이기도 했다.

아내의 부정을 잊기 위해 뭐든지 몰두하지 않으면 견딜 수가 없었다. 일에 몰두하고, 담배에 몰두하고, 술에 몰두하고, 나이트클럽에 가서 춤에 몰두했다. 다른 여자에게도 몰두했으나 그저 하룻밤을 보내고는 그것으로 끝이었다. 몇몇 여자들을 안아봤지만 엮이는 것이 싫어 더 이상 한 여자와 오래 관계를 지속하지 않았다.

그러던 중에 아내 친정의 도움도 있어, 아들이 세 살 때, 언청이 봉합 수술을 시켜주려고 미국으로 건너갔다. 그녀의 친정에서 보기에, 방황하는 태형의 마음을 붙잡아 줄 수 있을지도 모르겠다는 계산도 깔려 있었고, 그도 한국을 떠나고 싶기도 했다. 그는 미국에 가서도, 전기기술자였기 때문에 열심히 일을 해서 돈을 제법 모을 수 있었고, 아들의 언청이 봉합수술도 성공적으로 마쳤다.

미국에서 사업을 하면서 순복음교회 선교사를 만나 많은 위로를 받았고 영혼이 썩어 들어가던 마음의 병도 어느 정도 무뎌졌다. 골초에 알코올 중독까지 고침을 받았다. 태형 내외는 미국에서 선교사의 권유로 신학을 공부했다. 그는 목사 안수를 받았고 아내는 전도사로 봉사했다. 모두 괴로움을 잊기 위한 수단이었다.

그가 미국에서 신학박사 학위를 받자마자 한국에서 교회를 개척하기로 하고 귀국했다. 미국에서 번 돈도 얼마간 있었고 처가 노 도와준다는 언질이 있있기 때문이었다. 귀국해서 여기지기 살피던 중 마침 담임목사가 갑자기 병으로 돌아가신 교회를 인수하게 되었다. 태형이 공군 사병으로 복무할 때 세례를 받은 군목이, 소령으로 예편해서 안양에 개척했던 교회였다.

이십 년 전 그의 나이 사십에 담임목사로 부임하였다. 당시는 논밭이 많은 안양 변두리에 가건물로 지은 작은 교회였다. 그가 가정의 불행을 잊기 위해 교회 일에 전심전력을 기울인 덕에, 지금은 천여 명이 매주 예배에 출석하는 큰 교회가 되었다. 물론 교회를 인수받은 지 몇 년 되지 않아 개발붐이 일어, 가까이에 대단지 아파트가 들어선 것도 교인 수가 늘어나는 데 크게 도움이 되었다.

*

 그는 댓돌에 앉아 물안개가 춤추는 것을 멍하니 바라보고 있다. 안양을 떠나오기 전날 밤 부산 해운대에 있는 플레이보이라는 룸살롱에서 함께 노래 부르며 밤을 보냈던 36번 아가씨의 모습이 떠올랐다. 그녀는 채은옥의 「빗물」을, 그는 이은미의 「애인 있어요」를 몇 번이나 반복해서 부르며 술잔을 기울였었다. 태형은 그녀의 입술과 체온을, 소진의 체온인 양 느끼며 모든 것을 내려놓는 가벼움과 아울러 일말의 서운함도 느꼈던 밤이었다.
 "아가씨는 왜 「빗물」을 좋아해?"
 "비 오는 날 남자친구를 만났고, 비 오는 날 남자친구와 헤어졌어요. 대학 졸업반이었던 2009년 6월 비 오는 어느 날 혼자 명동예술극장 개관기념 「맹진사댁 경사」라는 연극을 보고 나오던 길이었어요. 저는 우산이 없어서 멍청히 비만 바라보고 있었는데 어떤 남자가 비닐우산을 사 가지고 오더니 버스 정류장까지 받쳐주는 거예요. 마침 배가 출출하던 차에 버스 정류장 옆 카페에 들러 커피와 머핀을 함께 먹으며 우리의 만남은 시작되었지요. 그 남자는 강남 압구정에 있는 큰 음식점을 경영하고 있는 어머니를 둔 사람으로 연극을 전공한다고 했어요. 우리가 만난 지 삼 년 되던 날이 마지막이었지요. 대학로에 있는 극장에서 연극을 보고 오던 날이었는데 비가 많이도 왔어요. 이상하게도 그날은 아무 기억도 나지 않아요. 무슨 연극이었는지. 연극을 보고 나오니 비가 내리고 있었어요. 남자친구가 어머니 강요로 어느 부잣집 딸과 결혼한다는 거예요.

 저는 오랫동안 앓으며 전국을 정신없이 쏘다니며 밤낮으로 술에 취해 살았지요. 부모 없이 회사를 다니며 열심히 모았던 돈을 술 퍼마시며 돌아다니느라 다 까먹고 결국 여기에서 오늘 사장님과 술을 마시며 「빗물」이라는 노래를 부르고 있네요. 여러 사내들과 몸을 섞다 보니 이 몸으로 결혼할 생각은 꿈도 꾸지 못하겠고 그저 술과 노래나 벗 삼아 살고 있어요. 이런 손님 저런 손님 이야기 듣는 것도 재미있구요. 사장님은 「애인 있어요」를 좋아하는 것 보니까 애인이 있다가 없어졌나 보네요."

 아가씨는 마치 녹음기를 틀어 놓은 듯 그가 대꾸할 여유도 주지 않고 일사천리로 자신의 과거를 털어놓았다.

 "이 세상에 맑고 밝은 애인관계가 얼마나 존재할까? 많은 남자와 육체관계를 가지면 오히려 마음에 눌어붙이 있는 사람이 없으니까 결혼해도 남편만 사랑할 수 있을 거야. 사실, 결혼 후에 남편과 섹스를 하면서 다른 남자 생각을 하는 것이 제일 큰 간음죄가 아니겠어? 스페인의 유명한 화가 달리의 아내 갈라와 같은 여자는 서양에서는 용납될지 몰라도 우리 사회에서는 용납되지 않을 거야. 남자도 여자도 함께 바람을 피우면 서로서로 용서할 수 있을까?"

 "갈라가 어떤 여인인데요?"

 "러시아 태생인데 프랑스 시인 엘뤼아르와 결혼했으면서도 3년 넘게 화가 에른스트와 이중생활을 했지. 뿐만 아니라 무명의

화가 달리를 만나, 전 남편과 헤어지고 결혼을 했는데, 달리와 결혼생활 중에도 이 남자 저 남자 편력이 심했고, 심지어 연하 남자의 환심을 사기 위해 남편 달리의 그림을 선물하기도 한, 우리나라 말로 표현하면 잡년이었지.”

"그런데 우리나라 남자들은 서양과 달라 그걸 용서 못 할걸요.”

"당연하지. 서양 사람들은 사회 풍조가 그러니까 용납될 수도 있겠지만, 우리는 그렇지 못하지. 오랜 세월 무의식에 축적된 문화는 하루아침에 바꿀 수 없는 거야. 사람마다 달라서 달리처럼 그런 걸 용납하는 사람도 있겠지만, 도저히 받아들일 수 없는 사람도 있거든.”

"저도 희망이 있겠네요. 사장님은 어떠세요?”

"나? 나는 그런 걸 용납할 수 있는 마음을 가지고 태어나지 못한 거 같아. 그래서 내 인생이 온갖 낙서투성이라우.”

좀 비어 있는 듯한 웃음을 웃으며 아가씨는 술잔을 들이켰다. 그는 반쯤 취해서 하소연을 듣는 둥 마는 둥 소진 생각에 잠겨 있다가, 아가씨가 그의 술잔에 자기 술잔을 부딪는 바람에 제정신이 들었다.

"나야 정말 애인이 있지. 다만 남편이 있는 애인이어서 오늘 정리하고 오는 길이야. 그녀의 가정을 지켜주고 싶다는 거룩한 생각 때문이 아니라, 복잡한 문제가 발생하면 극복할 수 없을 것 같은 두려움 때문에…….”

'그 사람 갖고 싶지 않아요. 욕심나지 않아요. 그냥 사랑하고 싶어요.' 그는 벽에 걸린 모니터에 뜬 노랫말을 따라 흥얼거리며, 아가씨와 입을 맞추고 가슴을 더듬었다.

*

　태형이 목사로 있던 교회의 집사 소진과 첫 키스를 하던 날이 문득 떠올랐다. 세종문화회관에서 오페라「나비부인」을 함께 감상하고 가두헌이라는 양식집에서 저녁식사를 했다. 식사 후 삼청동 공원을 산책했다. 공원으로 가는 길가 꽃집 앞에 이르러 소진은 작은 카네이션꽃 바구니를 하나 사더니 태형에게 건네는 것이었다. 꽃집 아주머니가, 둘이서 어깨동무하는 사진도 찍어주어서, 한껏 고무된 마음으로 공원에 이르러 길가 벤치에 나란히 앉았다. 그때 마침 보름달이 휘영청 떠올라, 밤 날씨가 좀 싸늘한 오월 중순이었지만, 가끔 산책하는 사람들도 지나가고 있었다.
　소진은 태형의 어깨에 머리를 기댔다. 그녀의 허리를 감싸주면서 달빛에 물든 얼굴을 자세히 바라보았다. 달빛 같은 키스였다. 달을 쳐다보는 그녀의 눈에는 눈물이 반짝이고 있었다.
　삼청공원에서 키스 사건이 있은 후에 얼마 되지 않아 소진 부부와 태형이 만난 적이 있었다.
　태형은 음악을 좋아하여 음대 진학을 꿈꾸었지만, 집안이 가난하여 공고를 졸업하고, 전자회사에 근무하면서 야간에 공대를 졸업할 수 있었다. 다행히 꿈을 버리지 못하고, 미국 신학대학원 석사과정에서 교회음악을 전공할 수 있었고, 성가도 작곡한 적이 있었다.

　귀국하여 목사로 부임한 후에 선교 차원에서 지역에 있는 음악 관련 단체를 후원하고 있었는데 마침 그 단체가 청년 음악회를 개최하게 되어 축사를 했다. 소진 집사도 그 음악단체에서 바이올린을 가르치고 있었던 차여서 남편과 함께 참석했다.

　"목사님 제 남편이에요."

　"처음 뵙겠습니다. 오성운입니다. 제 아내가 목사님 교회에서 학생들에게 바이올린을 가르친다고 해서, 목사님 말씀을 자주 들어 알고 있습니다. 저는 사업이 바빠서 교회에 나가지 못하고 있어 죄송합니다."

　"집사님은 참으로 아이들 바이올린 교육에 열정적이고 인기도 많아 제가 늘 감사하고 있습니다."

　"하나 있는 자식도 미국으로 유학을 떠났고, 또 제가 근래 몇 년 동안은 집에도 없는 날이 많아 음악에 푹 빠졌나 봐요. 저야 예술 쪽은 전혀 문외한인 기술자니까요. 목사님께서 가끔 이런저런 음악회에 동행하신다고 하니 안심이 되네요."

　성운이 태형을 바라보는 눈초리가 좀 심상치 않았다. 소진 집사가 언젠가 자기 남편이 약간의 의처증이 있다고 하는 말이 생각났다.

　"저희 교회에서 인기 만점인 바이올린 선생님이신 데다가, 제 친구가 실내악단을 지휘하고 있는데, 집사님이 거기에서 수석 바이올리니스트 역할을 잘 해주고 계셔서, 그 친구와 함께 이름 있는 음악회에 가끔 모시고 갔었지요. 제가 오히려 감사합니다."

"제 아내를 위해 애써 주셨는데 오늘 제가 저녁 살까 하는데요."

"여보 그래요. 목사님은 프랑스 요리를 좋아해요. 목사님께서 잘 가시는 레스토랑이 있는데요. 두가헌으로 가요."

"그럽시다. 목사님과 자주 가봤나 보네."

"목사님 친구분과 연주회를 마치고 셋이 함께 식사를 했었는데 분위기도 좋았어요."

태형과 소진 부부는 사십분 정도 차를 타고 나가 두가헌에 이르렀다.

"저는 막걸리를 좋아하는 노가다지만 외국 현장에서 외국 감리회사 직원들과 어울리다 보니 양식도 잘 먹습니다."

성운의 얼굴에 묘한 질투 같은 표정이 언뜻 스쳐 가는 것을 태형은 직감할 수 있었다. 태형의 저녁식사 기도가 끝나자 포도주잔을 들고 성운이 선배를 했나.

"목사님, 제가 외국 현장에서 감리회사 사람들과 식사하면서 들은 얘긴데요. 원래 유월절에는 포도주를 마시고 거나한 기분으로 축제를 즐겼다고 하더군요. 최후의 만찬 때도 예수님이 제자들과 포도주를 마시고……."

"술은 적당히 마시면 죄가 될 것 없지요."

태형은 가끔 부산에 있는 룸살롱에 가서 술을 잘 마셨다. 아내와 싸워 울화통이 터질 때면 부산에서 사업을 하고 있는 친구와 룸살롱으로 달려가서 술도 마시고 아가씨들과 노래도 부르고 몸도 섞고……. 사업가인 친구가 돈을 냈다. 친구가 자주 하는 말이 있다.

"우리가 몸을 사줘야 아가씨들도 먹고사는 거야. 말하자면 우리는 몸으로 보시를 하는 거거든."

성운은 포도주를 여러 잔 마셨지만, 소진과 태형은 식사 끝날 때까지 한 잔도 다 비우지 못했다. 혹시 말실수하지 않을까 바짝 긴장하지 않을 수 없었기 때문이었다. 성운도 무딘 사람이 아니라 무언가 캐내려는 듯이 신경을 곤두세우며 대화를 이어갔다. 팽팽한 기싸움을 하면서 식사를 마쳤다.

*

태형이 소진을 개인적으로 알게 된 것은 오 년 전 여전도회 야유회 때 우연히 옆에 앉아 오페라 「나비부인」 이야기를 하게 된 때문이었다. 실내악을 꾸리고 있는 친구가 언젠가는 오페라 「나비부인」을 무대에 올리는 게 꿈이라고 했고, 그때 옆에 앉아 있던 소진 집사가 자기도 바이올리니스트로 참여하고 싶다고 말한 적이 있었다. 그때는 소진 집사가 태형이 목사로 있는 교회 가까이로 이사 온 지 얼마되지 않았던지라 태형은 잘 모르고 있었다. 서진은 눈이 서글서글하고 용모가 아름다운 중년부인이었다.

교회 규모가 크다 보니 어지간해서는 담임목사가 일반 성도들까지 개인적으로 자세히 알게 되는 경우가 드물었다. 교인들의 대소사를 교구담당 부목사가 처리하고 있기 때문이기도 했다.

태형은 음악에 관심이 많았기 때문에 바이올린을 연주할 수 있다는 그녀에게 교회에서 바이올린을 가르치지 않겠느냐고 제안하게 되었고, 아울러 친구의 실내악단에도 참여하게 되어 자주 만나게 되었다. 처음에는 대부분 셋이서 만나 태영의 친구가 관심이 많은 오페라를 주로 관람하러 갔으나, 차츰 태형과 소진은 이런저런 음악회를 핑계로 자주 단둘이 만나게 되어 점차 허물없이 가까워졌다. 그녀도 오십을 낼모레 바라보고 있는 데다 혼자 있는 날이 많아 남편만 생각하던 견고한 성을 점차 태형에게 열고 있었다. 목사라는 직업이 성도들을 위로하고 어려운 일을 상담하다 보니 의심의 눈초리도 피할 수 있어서, 더 스스럼없이 가까워질 수 있었다.

그는 일 년 전 3월 그녀의 생일날에 집으로 초대를 받은 일이 있었다. 마침 아내가 안양에 있는 친정에 급히 갔기 때문에 혼자 장미 바구니를 들고 방문했다. 교회 구역식구들도 당연히 초청한 줄 알고 신경을 쓰지 않았으나 아무도 없었다. 태형만 초청한 것이었다.

"남편께서는 안 계시나요?"

"요즘 사우디아라비아의 공사가 막바지여서 틈을 낼 수 없대요. 추석에나 귀국한대요."

밖에 날씨는 을씨년스럽게 3월 날씨치고는 쌀쌀했지만, 아파트 안은 여름이었다. 그녀는 팔이 짧은 블라우스를 입고 있었다. 커다란 주홍색 장미꽃이 듬성듬성 그려져 있는 얇은 천으로 만들어진 것이었다. 언젠가 예술의 전당에서 있었던 실내악 연주회에 갔을 때, 소진은 남편과 외출할 때보다, 목사님을 만날 때 옷에 더 신경을 쓴다는 말이 생각났다. 남편은 엔지니어라 미적 감각이 전혀 없다고 변명까지 곁들여…….

"목사님, 제가 음식을 차리는 동안 무료하시면 음악을 감상하시면서 저희 사는 모습이나 구경하세요."

「나비부인」의 아리아 「어느 개인날」이 조금은 작은 소리로 들려왔다. 소진과 태영이 서너 번 관람했던 오페라다. 서진은 태영에게 사는 모습을 보여 주려고 집 안을 구석구석 잘 정돈해 두고 음악도 태영이 좋아하는 아리아로 준비했다.

그녀가 저녁상을 마련하고 있는 동안 이곳저곳 호기심을 가지고 살펴보았다. 소진이 사용하고 있는 바이올린과 피아노가 놓여 있는 아담한 방에는 두 내외의 사진이 놓여 있었다. 잘생긴 남편에 아름다운 아내가 참 잘 어울리는 것 같아 샘이 났다. 침실에는 더블 침대에 이부자리가 잘 정돈되어 있는데 핑크빛 침대보가 구겨진 채로 있었다. 외로운 밤에 혼자 몸부림친 흔적이 역력했다. 침실에 한참 동안 머물다가 정신을 차리고 음식을 장만하고 있는 부엌으로 나왔다.

"남편께서는 멀리 계시다 보니 집사님 생일인데도 오시지 못하는군요."

"전화만 왔어요. 한 달에 한두 번 다녀가는데 이번에는 본사에서 현장 감사를 하는 중이어서 일주일 후에나 온대요. 저야 남편이 있으나 없으나 마찬가지이지만, 남편은 제가 애도 없이 혼자 있는 게 안쓰러운지, 아니면 제가 워낙 예뻐서 혹시 바람이나 피우지 않을까, 의심스러운지 사전 예고 없이 불시에 귀국을 잘해요."

"젊은 나이에 혼자 지내는 게 쉽지는 않을 텐데요."

"저야 목사님도 계시고, 음악에 미치다 보면 혼자 사는 것도 싫지는 않아요."

"별말씀을……. 제가 무슨 도움이 된다고……."

소진은 딸 아이를 미국으로 보내고 나서부터 혼자 있는 외로움을 달래기 위해 대학졸업 후 소홀했던 바이올린 연주에 열심을 냈다. 남편은 우리나라에서 가장 큰 건설회사에 다니는데, 삼 년 동안 중동에서 바닷물을 식수로 만드는 담수화 공장을 건설하고 있는 해외 현장소장으로 근무하고 있었다. 아내를 지극히 사랑하여, 부러울 게 없는 가정이었다. 아내에 대한 지나친 사랑이 소진에게는 집착으로 느껴진다고 했다. 한편으로는 다른 여자를 탐하지 않는 편집적인 완벽주의자인 그 성격이 안심이 되면서도, 한편으로는 소신의 자유를 너무 속박하는 것 같아 훨훨 날아가고 싶다고도 했다. 그녀는 자기 남편에 대한 미안한 마음을 털어내기 위해 기회만 되면 남편의 단점을 이것저것 태형에게 말을 해서 이제는 남편이 어떤 사람인지 보지 않고도 짐작이 갔다.

부엌과 연결된 거실 벽에는 영국 시인 키츠의 「그리스 항아리 송가」 시화가 걸려 있었다.

들리는 선율은 감미로우나, 들리지 않는 멜로디는
더욱 달콤하구나; 그대 부드러운 피리여 노래하라;
세속의 귀가 아닌, 보다 고매한 귀를 향해,

소리 없는 영혼의 노래를 연주하라:
나무 아래 아름다운 청춘이여, 그대는 노래를 그칠 리 없고,
저 나무들도 결코 잎이 떨어질 리 없으리;
대담한 연인이여, 그대는 결코 입 맞출 수 없으리,
비록 입술은 가까이할 수는 있으나 -- 하지만 슬퍼하지 말라:
축복을 얻지 못할지라도, 그녀는 시들지 않으며,
그대는 영원히 사랑하고, 그녀는 또 영원히 아름다우리라!

그리스 항아리 표면에 그려진 그림을 들여다보면, 두 남녀가 서로 키스하려는 자세로 있다. 키스는 하지 못하지만 그림 속이어서 항상 젊은 모습을 잃지 않고 있다. '이룰 수 없는 것에 대한 갈망이 불러일으키는 서정적 비애는 하나의 불멸의 노래가 된다'는 말이 그대로 어울리는 그림이다. 그는 키츠의 시가 마치 자기와 소진 사이를 잘 묘사하고 있다는 생각이 들었다.

그가 그림을 보다가 그릇을 씻고 있는 그녀의 뒷모습을 보니 주홍색 블라우스 속에 살짝 비치는 하얀 브래지어 끈이 여간 아름답지 않았다.

"그림 속의 남녀는 우리 이야기인가요?"

"글쎄요. 아름다우면서도 슬픈 노래여서……. 화가인 친구가 그 시화를 그려주었어요."

태영은 가만히 다가가 그녀의 허리를 감싸 안았다. 소진은 잠시 움찔하더니 움직임을 멈추고 가만히 서 있었다. 그는 그녀를 돌려세우고는 입술을 포갰다.

초록색 무늬의 방석이 놓여 있는 거실 소파에 그녀를 눕히고

키스를 격렬하게 퍼부으며 옷을 하나하나 벗겨 나갔다. 소진은 가만히 순응해 주었다. 마지막 팬티를 벗기려 할 때 그녀가 엉덩이를 살짝 들어주자, 그는 감전된 것처럼 벌떡 일어나더니 정신없이 문을 박차고 집 밖으로 뛰쳐나갔다. 조금 전 두 부부가 정답게 찍은 사진에 있던 그녀 남편의 미소가 갑자기 떠오른 것이다.

*

　물안개가 물러난 후에도 한참이나 흰색 해당화 꽃을 바라보면서 태형은 지난날을 생각하다가 머리를 흔들고 제정신으로 돌아왔다. 산을 오르기 시작한다. 정신이 산란할 때는 산을 오르기로 했다. 산세가 가팔라서 산길에만 정신을 쏟지 않을 수 없기 때문에, 이제는 다른 나라 이야기가 되어버린 안양을 잊어버릴 수 있을 것 같다. 아카시아 나뭇잎을 하나씩 따면서 주기도문을 외운다. 아카시아 잎줄기에 대략 10여 개의 이파리가 붙어 있으니 잎줄기 하나에 붙어 있는 이파리를 모두 따기 위해서는 10번의 주기도문을 외워야 한다. 그렇게 하루에 일천 번씩 외우기로 했다. 지금까지는 자기 뜻대로 살아온 삶이 아니다. 보이지 않는 손에 이끌려온 삶이다. 욥을 생각한다. 감히 욥에게 비유할 수 없는 신앙이지만 하나님의 큰 은총에 기대고 싶다. 메멘토 모리.

2068년 솔롱고스로의 여행

녹산은 작은 농장에서 복숭아나무 가지치기를 하고 있었다. 매년 초겨울이면 과일나무들이 너무 높게 자라지 못하도록 가지를 잘라주고 퇴비를 준다. 사다리를 타고 높은 곳의 굵은 가지를 톱으로 자르다가 갑자기 사다리가 흔들리는 바람에 땅에 떨어져 정신을 잃었다.

얼마를 지났을까 눈을 떠보니 봄인 듯 가을인 듯 포근한 날씨에 여러 가지 꽃들과 과일들이 어우러진 어느 마을 입구에 와 있다. 마을 표지석에는 심재원(心齋園)이라고 새겨져 있다. 현지 시각에 맞추어 자동으로 조정되는 손목시계를 보니 2068년 11월 28일이다. 처음 본 마을인데 낯설지가 않고 마음이 푸근하고 약간은 들뜬 기분이 든다. 시냇가에 깔끔한 집들이 두어 채 있고 몇 사람들이 담소를 나누고 있다. 눈을 들어 보니 멀리 지평선에는 높은 빌딩들이 아스라이 솟아 있다.

가끔 지나가는 사람들은 모두 명랑한 얼굴로 누구에게나 눈웃음으로 인사를 보내는데 흑인, 백인, 아시아인 등 다양한 얼굴들이다. 그런데도 모두 어디선가 만났던 것처럼 다정스러운 미소를 보내고 있다. 녹산이 어떤 젊은 여성에게 다가가니 웃음이 가득한 눈인사를 한다.

"안녕하세요? 여기가 어딘가요?"
"심재원이에요. 사람들은 흔히 솔롱고스, 유토피아, 무릉도원, 에덴동산, 낙원, 천국, 천당 등 여러 가지 이름으로 부를 수 있는 곳입니다. 저의 설명보다 직접 여기의 삶을 체험해 보세요. 제가 인도해 드리지요.

녹산님은 아직은 과거지구(過去地區) 주민이시지만, 특별히 녹산님의 시계에 표시된 2068년 현재지구(現在地區)에 초청되신 것입니다. 몇 시간 후면 다시 2023년으로 돌아가시겠지만, 그분께서 과거지구에 재림하시는 날이 되면, 지옥으로 가실 수도 있고, 여기 심재원의 주민이 될 수도 있습니다. 여기의 삶을 구석구석 살펴보시고 돌아가셔서 많은 사람을 데리고 여기 심재원으로 오실 수 있기를 바랍니다."

"그럼 과거지구와 현재지구가 공존한다는 말입니까?"

"네. 녹산님은 2023년의 과거지구에 살고 계시지만, 여기에 오시자마자 녹산님의 손목시계에 지금 여기의 날짜인 2068년 11월 28일로 표시되어 있을 것입니다. 혹시라도 녹산님이 과거지구로 돌아가셔서 마치 2068년 11월 28일에 무슨 일이 일어날 것처럼 말씀하시는 일이 없기를 바랍니다. 지금 여기와 같은 세계가 열리는 것은 그 이전일 수도 있고 그 이후일 수도 있습니다. 그분의 시간은 인간으로서는 알 수 없다는 것을 분명히 이해하셔야 합니다."

"알겠습니다."

녹산은 갸우뚱하면서도 여하튼 타임머신을 타고 미래로 왔나보다 생각하며 안내하는 여성을 뒤따라간다. 길가의 꽃과 나무는 물론, 새들도 돌들까지도 행복에 젖어 있는 듯싶다. 딱히 설명하기는 어려운 평안함이 음악 같기도 한 향기로 잔잔하다.

"참으로 아름답고 평화로운 마을이군요. 이곳에는 세상 근심 걱정이 없겠네요."

"인간 세상에 근심 걱정이 없을 수 없겠으나, 여기서는 삶의 양념 정도의 희로애락이 있다고나 할까요. 그러나 이곳에는 생로병사가 삶의 족쇄가 되지 않지요. 생(生)과 사(死)는 인간 자신의 자유의지에 맡겨져 있고, 노(老)와 병(病)은 사라진 지 오래되었습니다."

"그럼, 사람은 태어나지도 죽지도 않는다는 말인가요?"

"아직은 사람의 이해력으로는 믿기 어려울 것입니다. 그분의 주권에 속하는 것이지요. 참, 제 이름은 에스더라고 합니다."

녹산은 구약성서에 있는 에스더가 떠올랐다. 그녀는 적국에 잡혀 왔으나 부귀영화나 권세 따위를 구하지 않았다. 목숨을 걸고 오직 자기 민족을 살려 달라고만 부탁하면서, 그것만으로도 충분하다고 말해 적국의 왕비 지위까지 오른 여성이다.

"에스너 님은 여기서 무슨 역할을 하고 계시나요?"

"저는 여기에 초대되어 온 사람에게 그분의 참뜻을 알리기 위해 인류의 과거와 현재와 미래를 알려 드리는, 말하자면 심재원 홍보대사인 셈이지요. 과거지구에 있는 모든 사람이 심재원의 주민들이 되었으면 하는 바람으로……"

"인류를 구원하기 위한 전도자가 되기로 작정하셨나 보네요. 그런데요, 여기에 초청받는 사람은 어떤 사람들인가요?"

"그분 편에 있기는 하나 조금은 세상에 발을 담그고 있는, 양다리 걸치기 하는 사람들이라 할까요? 한 명이라도 더 구원하시려는 그분의 배려로 녹산님을 여기 부르신 겁니다. 과거지구에는 이미 악의 노예가 된 사람, 그분의 친구가 된 사람, 그리고 회색지대에 있는 사람, 세 부류가 있지요.

악의 노예가 된 구제 불능 인간은, 아무리 설득해도 지옥행으로 가는 발걸음을 멈추지 않는 사람들이고, 그분의 친구가 된 사람은, 구태여 제가 홍보하지 않아도 장차 여기 주민이 되지요. 회색지대에 있는 사람을 친구로 만들기 위해 여기에 초청한 것입니다. 여기에 초대되어 확실한 믿음을 얻고 가면 그분 나라 주민이 되지요."

"무엇을 믿으라는 건가요?"
"인간은 원래 그분 모습 닮게 창조되었으나 사탄의 유혹에 넘어가 악의 유전자를 받았지요. 그런데 그분께서 악의 굴레로부터 인간들을 해방하기 위해, 악의 유전자를 제거하시고 창조 당시의 그분을 닮은 모습으로 회복시키려고, 몸소 인간의 몸으로 이 세상에 오셨다는 사실을 믿고 따라야 한다는 것입니다.

지옥으로 가지 않는 방법을 알면서도 실천을 못 하는 사람이 있어요. 마치 마약에 중독되듯 악에 중독된 사람들이지요. 그나마 여기에 초청된 사람들은 그분 은총을 입었다고 할 수 있어요. 그러나 자유의지가 주어져 있기 때문에 자기 하기 나름이지요."
"자유의지라……. 저는 자유의지를 거두시고 저절로 그분의 뜻에 합당하게 살아지는 그런 사람이면 얼마나 좋을까 생각할 때가 많았어요."
"자유의지가 없으면 로봇이나 다름없어요. 그분은 인간을 창조하시되 자유의지를 주셔서 자신의 길을 자신이 선택할 수 있게 하셨기 때문에, 사람 사는 사회가 다양하고 변화가 많고 자긍심도 가질 수 있습니다. 인간을 창조하시되 그분을 닮게 창조하셨다는 뜻이 거기에 있습니다. 자기 삶의 길을 자신이 선택할 수 있다는……. 누구에 의해 살아지는 것이 아니라, 자기가 주체가 되어 사는……."

"그런데 말입니다, 우리는 나약한 존재여서 뻔히 나쁜 길인 줄 알면서도 아름다운 독초가 많은 넓은 길을 선택합니다. 기쁨, 노여움, 슬픔, 즐거움, 사랑, 미움 그리고 재물욕, 색욕, 식욕, 명예욕 등 어느 것 하나 우리를 좌지우지하지 않는 게 없잖아요."

"그래서 날마다 그분의 가르침을 묵상하고 따르려 노력해야 합니다. 마치 끼니마다 식사하는 것과 같다고 할 수 있겠지요. 육체적인 배고픔을 면하기 위해 식사하는 것처럼, 영적인 배고픔을 면하기 위해 그분 말씀(話)을 체화해야지요.

자기만 바라보라는 그분 말씀은 너무 독선적이라는 생각이 들기도 하겠지만, 사람들이 그분의 존재를 망각하고 제멋대로 하므로 자꾸 주의를 환기시키는 것이지요."

"여기는 제가 있는 과거지구와는 달리 모든 것이 행복해 보이네요."

"그렇지요. 여기는 그분이 재림하셔서 모든 것을 재정비하신 후의 모습입니다."

"어떻게 생로병사(生老病死) 중에 생과 사를 선택할 수 있다는 말입니까?"

"여기에서는 질병과 늙음은 그분이 마련해 놓으신 과학의 발달로 극복되었습니다. 건강에 문제가 생기면 AI에 의해 작동되는 기계 안으로 들어가면, 종합적으로 우리의 건강상태가 진단되고 치료방법이 처방되어 나옵니다.

태어남과 죽음의 문제는 각자 인간들이 자유의지를 가지고 선택할 수 있은 영역이지요. 사람에게는 영혼이 있어요. 과거지구에 있을 때는 영혼의 하는 일이 무엇인지 모르셨겠지만, 여기에서는 영혼의 불멸을 확실히 알 수 있지요.

세상을 살다가 잠시 쉬기를 바라는 사람은, 말하자면 그의 영혼이 죽기를 원한다면 육체가 분자로 분해되어 사라집니다. 분자들은 여기저기 먼지처럼 떠돌다가 세상에 태어나기를 원한다면 다시 모여서 육체를 이루는 것이지요. 육체가 이 세상에서 사라질 때 영혼은 여기 가득한 꽃이나 나무로 들어가게 됩니다. 결국, 식물들은 영혼들의 놀이터인 셈이지요. 태어나는 것은, 이 식물에 들어갔던 영혼이 다시 나와, 새로운 인간의 몸을 구성하는 것입니다. 물론 새로 태어난 존재는 지난 생(生)을 전혀 기억하지 못해서 자유롭지요.

사람들은 다시 태어날 수 있다는 믿음 때문에, 이 세상에서 어렵게 살려고 하지 않아요. 마치 소풍 왔다가 가듯 자기 영혼이 원하기만 하면, 혹은 정해진 120살이 되면 일단 분해되어 사라집니다."

"120살이 이곳에서 정년인 셈이네요? 그러면 구약에 므두셀라는 969세까지 살았다고 하는데 그건 어떻게 설명될 수 있나요?"

"그건 인간들이 한 살을 몇 날로 보느냐에 따라 셈법이 다르지요. 지금은 과거지구나 현재지구 모두 1년은 365일 혹은 366일로 정해져 있고, 인간 수명은 120년입니다. 120세로 정해진 이유는, 잠시 이 세상에서 떠나 영혼의 휴식기를 거쳐, 다음에 다른 생(生)으로 어떻게 살아낼 수 있을까 생각하는 시간을 준 거지요."

"엘리엇의 장시 「황무지」의 맨 첫머리에 나오는 제사(題詞)가 생각나는군요. 이 시는, 더는 살고 싶지 않으나 죽을 수 없는 인간의 비극을 말해주고 있어요. 「황무지」는 이렇게 시작됩니다.

> 한번은 쿠마에서 나도 그 무녀가 조롱 속에 매달려 있는 것을 보았지요. 애들이 '무녀야 넌 뭘 원하니?' 물었을 때 그녀는 대답했지요. '죽고 싶어'.

황동규 시인이 번역한 「황무지」에 달린 각주에 의하면, 희랍 신화에서 무녀 시빌(Sybil)은 앞날을 점치는 힘을 지닌 여자입니다. 특히 희랍의 식민 도시였던 이탈리아 쿠마의 무녀는 유명했습니다. 그 덕분에 아폴론 신에게서 손안에 든 먼지만큼 많은 햇수의 수명을 허용받았으나, 그만큼의 젊음도 달라는 청을 잊고 안 했기 때문에 늙어 메말라 들어 조롱 속에 들어가 아이들의 구경거리가 되었습니다. 죽음보다도 못한 죽은 상태의 황무지를 상징합니다."

"그 시에서의 무녀는 죽지 않는 것을 원했지만 젊음을 요구하지 못했기 때문에, 점차 늙어도 죽지 못하는 것이지만, 여기서는 늙지 않기 때문에 그럴 염려는 없어요."

"사람은 때때로 죽고 싶을 때가 있는 게 사실입니다. '쇠똥 밭에 굴러도 이승이 낫다'라는 속담이 있지만. 만약 언제든 원하는 시기에, 다시 태어날 수 있다고 믿는다면 죽고 싶은 마음이, 다시 말하면, 잠시 이승을 떠나고 싶은 마음이 들 때가 있겠네요. 지금과 다른 새로운 삶을 살아보았으면 하는 생각 말입니다."

"그렇지요. 여기 심재원에서는, 잠시 세상을 떠난다는 것은 자기들이 원하는 것이지, 누가 강요하거나, 사고를 당해 죽거나 병들어 죽는 일은 없습니다. 죽는다는 것은 잠자는 거와 마찬가지예요."

"불교에서 말하는 윤회설과 같네요."

"아니죠. 불교의 윤회설은 자기의 업보에 따라, 수동적으로 사람이나 여러 가지 동물로 태어나지만, 여기서는 업보와 상관없이 분자로 분해되어 먼지처럼 사라졌다가, 영혼이 원하면 다시 그 분자들이 모여서 새로운 개체가 됩니다. 모양도 자기가 원하는 모양을 택할 수 있습니다. 이곳에서는 악의 유전자가 존재하지 않기 때문에, 인간 행위에 잘잘못이 있을 리 없지요. 업보는 없는 것입니다."

"그런데 어떻게 해서 이처럼 낙원이 회복되었는가요?"

"우선 역사박물관으로 가 보시지요. 거기에 가시면 자초지종을 알 수 있어요."

*

녹산과 에스더는 시냇물을 따라 한참을 가다가 보니 큰 도시가 나왔다. 도시의 초입에 있는 어떤 집 앞에 발걸음을 멈췄다. 겉은 검게 그을린 외양을 갖추고 있으나 '인류의 역사박물관'이라는 현판이 붙어 있다.

지구 멸망의 날도 방영되고 있다. 인류가 핵전쟁에 의해, 구제 불능인 사람들은 완전히 사라지고, 살아남은 사람들은 핵물질의 영향을 받아 유전자 구조가 완전히 바뀌었다고 설명한다. 사탄이 아담과 이브에게 집어넣었던 죄악의 유전자가 제거된, 그분 닮은 형상으로 다시 태어난 것이다. 그분이 재림하여 불로 세상을 심판하되, 세상이 사랑으로 새로운 낙원으로 바뀐 것이다.

구약성서 창세기에 의하면, 인간 세상이 죄악으로 가득 차 탈출구가 없을 때, 씨 종자로 삼을 소수를 제외한 모든 생명체를 홍수로 쓸어버리고, 다시는 물로 멸망시키시 않겠나는 약속으로 무지개를 그분이 주셨다. 그런데 그 이후에도 계속 죄성(罪性)이 넘쳐났기 때문에, 다음에는 불의 심판으로 인류를 멸하시겠다는 베드로 후서 3장의 말씀에 따라 지구를 심판하셨다.

지구 여기저기를 휩쓸었던 환경적 재앙은 물론 지진과 쓰나미 등으로 경고하였음에도, 사탄이 인류의 유전자에 심은 악의 씨가 여전히 창궐하여 핵전쟁으로 자멸케 하셨다고 설명하고 있다.

그분을 대적했던 세력들은 멸하시고, 비록 악행을 행했더라도 그분의 존재를 부인하지 않았던 사람들은 핵폭탄에서 방출된 방사능으로 유전자를 변형시켜, 악의 씨를 근본적으로 제거해 버렸다고 한다. 이것을 그분의 재림 사건이라고 인류의 역사에는 기록되어 있다. 그분을 부인하고 거부하는 죄인은 지옥으로 불러들이고 남은 사람을 개조하여 이 지상에 천국을 열게 된 것이다. 그분의 나라가 이 땅에 오도록 간구했던 많은 사람의 기도가 이루어진 것이다.

노아의 홍수 때는 죄의 유전인자를 제거하지 않으셨기 때문에 후손들은 악행을 버리지 못했으나, 이번에는 악의 유전자가 불의 심판에 의해 제거되어, 더는 심판할 일이 없다는 설명이다.

*

역사박물관에서 인류의 역사를 자세히 돌아보고 녹산과 에스더는 밖으로 나왔다. 녹산이 살고 있는 과거지구(過去地區)의 2023년으로 돌아가서 본다면, 핵전쟁은 미래의 사건인 셈이다.

"지금 우리가 서 있는 이곳이 2068년 현재지구(現在地區)입니다. 녹산께서 맨 처음 발을 디뎠던 마을, 심재원이지요. 마음이 깨끗한 사람들이 사는 곳이라는 뜻입니다. 마음이 청결한 자는 그분을 볼 것이요, 천국이 저희 것이라고 한 신약성경의 말씀을 들어서 아실 것입니다."

"아, 네. 회복된 에덴이라는 말씀이군요."

"여기서는 모든 것이 AI 컴퓨터에 의해 운행되고 있습니다. AI는 인간들이 노력해서 만들어낸 작품이지만 그분이 주신 지혜로 만들었기 때문에, 그분의 섭리를 충실히 따르고 있습니다. 다만 아직도 계속 프로그램이 업데이트되어 발전하고 있지요. 일종의 기계 진화라고나 할까."

"진화라고 하셨는데 그것은 창조론과 대치되는 것 아닌가요? 이왕이면 완전한 것을 만들게 하시지……."

"과거지구에서는 진화론과 창조론이 날카롭게 대립하고 있지만 사실상 큰 틀에서 보면, 서로 모순되지는 않습니다. 진화도 어차피 일단 창조된 것이, 환경의 변화에 따라 업그레이드되고 있는 것이어서, 진화에 의해 새로운 개체가 만들어지는 것은 아니지요. 세상만사 발명이라기보다는 발견이라 해야 맞는 말입니다. 건축에서 뼈대는 그대로 존재하고 장식만 계속 리모델링되는 이치이지요.

또한, 과학의 발전은 그분께서 인간에게 준 선물입니다. AI는 과학의 총아라 할 수 있겠지요. 과학을 신의 세계에 대한 인간의 노선이라고 생각하는 것은 큰 잘못입니다. 인간의 질병에 대한 치료 약도 결국 이 세상에 그분이 창조해서 어딘가에 두신 물질을 찾아, 과학기술로 변형이나 조합하는 것에 불과했습니다."

"그러면 이제 여기는 악의 그림자도 없다는 뜻입니까?"

"그렇지요."

"그러나 선이 빛나기 위해서는 악이 있어야 하지 않나요? 천적이 없는 물고기보다 천적과 함께 사는 물고기가 더 강하고 오래 산다는 실험결과들이 많습니다. 적절한 스트레스와 고통이 물고기를 강하고 오래 살게 한답니다. 사람도 마찬가지가 아닐까요? 긴장감 없이 산다고 생각해보면, 무슨 살맛이 날까요? 분노,

좌절, 미움이 여기에서는 완전히 사라졌나요?"

"완전히 사라진 것이 아니라 음식의 양념처럼 존재하고 있으나 지나치지 않다는 것이지요. 그런 감정적인 요소가 완전히 사라지면 인간은 로봇과 다를 게 없겠지요. 비록 인류의 조상인 아담과 이브가 사탄에게서 받은 악의 유전자는 제거되었지만, 사람마다 지성과 감성과 영성이 다르므로 다양한 사회가 있게 되는 것이고 어느 정도 긴장도 있고 다툼도 있습니다. 생로병사는 없다고 할 수 있지만, 희로애락은 타인의 행복을 저해하지 않는 범위에서 존재하고 있습니다."

"사탄도 하나님 창조물인데 악해졌고, 아담과 이브도 악을 받아들였는데, 사탄이나 인간이나 악하기는 마찬가지 아니었던가요?"

"그분은 천사도 아담과 이브도 창조하셨는데, 천사 중에 스스로 악해진 것이 사탄이지요. 아담과 이브는 스스로 악을 택한 것이 아니라, 사탄의 유혹을 받아들여 악의 유전자를 갖게 된 것입니다. 천사나 인류 조상에게 자유의지가 주어졌기 때문이지요."

"악은 무엇입니까?"

"그분의 입장에서 악은 이 세상을 창조하신 그분을 부정하거나 외면하는 것이고, 인간의 입장에서의 악은 그와 다른 단지 도덕적 악, 즉 남에게 해를 끼치는 것이지요. 같은 강도질을 했지만, 십자가에서 그분을 인정한 죄인은 그분 나라에 들어갔다는 것으로 설명될 수 있지 않을까요?

"왜 AI인가요? 그분이 직접 명령하시고 다스리시면 되는 것 아닌가요?"

"인간의 자존심을 키워주기 위해, 인간 스스로 자기 길을 개척하는 성취감을 주기 위해, 인간 스스로 그분의 뜻을 따라 행동하기를 바라기 때문입니다. 사람을 맨 처음 창조하실 때 그분을 닮게 창조하신 것과 같은 맥락입니다.

AI가 관리한다고 해서, 인간이 자기가 만든 AI 시스템에 종속되는 것은 아닙니다. 태초부터 지금까지 인류사회에 존재했던 모든 삶의 흔적에 관한 데이터가 AI에 입력되어 가장 인간에게 유익한 의사결정을 하도록 돕습니다.

AI의 기본원리는 집단무의식 개념을 활용한 면도 있지요. 사람은 무의식의 지배에서 자유로울 수 없습니다. 인류 창조이래 지금까지 쌓여온 경험치가 집단무의식이라 할 수 있죠. 민족마다 가치관과 사고방식이 다른 이유도 집단무의식이 다르기 때문입니다. AI 시스템도 새로 무엇인가를 창조하는 것이 아니라, 오랫동안 축적된 데이터를 근거로 의사결정을 하는 것입니다.

여기 미래연구소에서는, 인간 스스로 어떤 것이 가장 이상 사회인지 연구를 계속하고 있고, 그 결과는 데이터로 AI에 주입되어 가장 바람직한 방향을 제시하고 있습니다.

AI 시스템에 의해 관리 운영되는 사회는, 자유가 허용되지만, 사회의 번영과 평안을 저해하는 모든 제도는 자동으로 걸러져서 폐기됩니다. 나쁜 공기를 정화하는 공기청정기처럼 말입니다."

"그러면 앞으로 AI는 어떻게 발전해 나갈까요? 계속 발전하다 보면 그분의 위치까지 넘보는 것은 아닌가요?"

"인간이 바벨탑을 쌓다가 벌을 받은 것처럼, 그분은 AI가 거기까지 나가지 못하도록 프로그램되어 있지요."

"그럼 이제는 AI에 좋은 데이터만 입력되는 것으로 이해할 수 있겠네요. 인간의 무의식에서 악의 그림자들은 제거되고……."

"아닙니다. 존재하는 모든 데이터가 입력됩니다. 나쁜 데이터도 좋은 데이터와 비교·분석하여 나쁜 기록은 더 이상 재발하지 않도록 하는 데 도움이 되니까요."

"과거지구(過去地區) 인간에게 섹스는 즐거움도 되고 악의 동인도 되곤 하는데 여기서는 어떻습니까?"

"섹스도 자유롭습니다. 사탄의 유혹을 받기 이전 에덴에서는 남녀가 벗은 몸으로 살았다는 사실로 미루어 짐작할 수 있지요. 이성에 대한 소유의 개념도 없어지고 가정의 개념도 달라졌습니다. 그리스-로마 신화 시대에는 섹스가 자유로웠지요. 불륜이라기보다는 사회의 가십거리에 지나지 않았거든요. 그 후 기독교가 들어오면서 지나친 방종의 폐해들이 눈에 들어오기 시작했고 결국 규제되기 시작한 것이지요.

이제 미래지구에서는 오욕칠정의 강약이 적절히 조절됨으로써 가족과 마을과 사회가 조화롭게 어울리고 있습니다. 물론 인간에게서 사악함이 사라졌다 하더라도 여전히 욕망의 지배에서 자유로울 순 없지요. 사랑도 어느 정도 이타적이기도 하고 이기적이기도 해야 합니다. 극단적인 이기주의는 자신만 위하지만, 극단적 이타주의도 인간이라기에는 부족함이 있지요. 중용(中庸)이 새로운 미래지구의 근본 철학입니다.

리비도의 적절한 발산은 성생활의 즐거움에 봉사합니다. 후손을 생산하는데 섹스가 봉사하는 것이 아니라 희락을 위한 것입니다. 마치 다양한 취미 그룹 같은 것이지요. 어떤 마음의 상처도 없이 언제나 필요하면 헤어지고 또 만나기도 합니다."

"과거지구에서는 인구문제가 심각한 수준으로 제기되고 있는데요. 자녀의 교육문제도 해결책을 찾기가 힘들고요."
"여기에서도 가정은 핏줄로 이어진 공동체이지만, 각 사람은 원하는 만큼의 자녀를 가질 수 있습니다. 두 부부가 자신의 정자와 난자를 제공하면, 공장에서 2세를 만들어 줍니다. 그리고 20세가 될 때까지는 모든 비용을 국가가 부담합니다. 정부 기관에 육아를 맡길 수도 있고 본인들이 데려다 기를 수도 있습니다. 본인들이 데려다 길러도 모든 비용을 정부에 청구하면 됩니다.
20세 이후 대학 이상의 교육비노 성부에서 제공합니다. 다만 고등학교까지는 의무교육이어서 모든 국민이 최소한 고등학교까지는 졸업해야 할 의무가 있습니다. 대학 이후 본인이 원하면 정부의 지원으로 무슨 교육이든 받을 수 있습니다. 각 개인의 특성은 유전자에 의해 발현되어 사회의 다양성이 유지됩니다. 악의 유전자는 사라졌지만, 다양성의 유전자는 남아 있지요. 배우고자 하는 욕망이 강할수록 역사와 사회 발전의 동력이 됩니다. 욕심이 없는 사람들만 있어도 사회는 발전할 수 없습니다."
"AI와 정부와 그분의 관계는 어떻게 설정되어 있나요?"
"AI는 그분의 의중을 헤아리지만 어디까지나 인간이 만든 기계에 지나지 않습니다. 심재원을 관리하기 위한 보조 수단입니다. 이 세상은 그분의 형상을 닮게 창조된 인간이 주인이지요. 다만 AI는 관리를 위임받았기 때문에 위임하신 그분의 의중을 벗어나지는 않습니다. 사탄이 심어 준 악의 유전자가 인간에게 존재했던 과거지구에서의 삶처럼, 탄압받고 굶주리고 자기 의사와 반하여 죽임을 당하는 사회가 아닌, 사탄의 유혹을 받기 이전의 에덴과 같은 하나님 나라가 이 땅에 세워진 것입니다.

정부도 존재합니다. 사무엘상 8장을 보면, 인간들은 눈에 보이는 왕을 원합니다. 인간이 신의 수준에 있다면 눈에 보이지 않는 것도 믿겠지만, 그분의 지혜에는 미치지 못하기 때문에 뭔가 눈에 보이지 않으면 믿기 어려운 게 사실입니다. 그래서 정부가 필요하지요. 다만, 사무엘 시대에는 사울과 같은 실패한 왕이 있었지만, 지금 여기에는 필요한 조직과 인물들은 물론 모든 정책이 AI의 도움을 받아 선정됩니다. 사람들의 다양성 혹은 변덕스러움은 존재하기 때문에, 시대와 장소에 따라 열등한 조직과 정책은 나타날 수 있지만 바로 수정이 됩니다."

"정치와 경제의 개념과 시스템도 바뀌었겠네요."

"물론이죠. 자본주의와 공산주의 및 사회주의의 장점을 뽑아 가장 적절한 정치와 사회 시스템, 즉 공의주의(公義主義)가 기본 동인이지요. 모든 국민이 AI 시스템의 도움을 받아, 직접 민주주의를 근간으로 하는 다양한 정치와 자유로운 경제 시스템을 가지고 있습니다.

과거지구에서 정치는 알량한 권력을 위한 약육강식의 현장이었습니다. 일반 백성들과는 상관없는 몇몇 소수의 권력다툼이 결국 사회의 분열을 야기했죠. 권력자들이 새로운 탈출구가 안 보일 때 전쟁을 일으켰던 것입니다.

사람들에게는 욕심 유전인자가 있으나 사람마다 그 정도가 다릅니다. 욕심이 강한 유전자를 가지고 있으면 악의가 없더라도 남을 지배하려고 합니다. 정치는 욕심 유전자가 강한 사람들이 하는 것입니다.

욕심이 약한 유전자를 가지고 있는 사람들은 환경에 잘 순응합니다. 이런 사람들은 정치에 무관심하면서, 과거지구에서 경험했듯이 정치에 잘 휘둘리고 폭력과 전쟁의 희생자가 되곤 했지요. 현재지구에서는 인간에게 악의 유전자가 없어졌기 때문에 엄밀한 의미에서 폭력과 전쟁은 존재하지 않습니다. 경쟁이 있을 뿐이지요. 남을 짓밟으려는 것이 아니고 남보다 다르게 하려는 것입니다.

각각의 특성에 따라 각종 정당이 있으나 선한 의사를 경쟁하는 장이 되고 있습니다. 경제 시스템도 모두에게 이익이 되는 방향으로 경쟁에 의해 생성 발전 유지됩니다. 상황의 변화는 인간의 취향 변화에 따라 야기되고 그러한 상황의 변화에 따라 정치도 경제도 적절하게 자유로이 변화됩니다. 규제가 필요 없습니다. 왜냐면 악한 마음을 가지고 사업을 하는 사람이 없기 때문입니다."

"언론도 필요 없겠네요."

"심재원 삶에 해가 되는 사이비 언론은 존재하지 않습니다. 여기에서는 고의로 남을 해치는 뉴스야 만들어지지 않지만, 여전히 그분의 수준에 이르지 못하는 인간 사회인지라 불완전한 뉴스, 고의성이 없는 잘못된 뉴스는 있을 수 있습니다. 모든 뉴스는 A1 기반 컴퓨터에 입력하여 통과된 것만 발표되며, 통과증명이 없으면 자동으로 업로드되지 않습니다. 언론이란 정의의 수호가 아니라 인간 생활의 다양화를 위해 필요한 것이지요."

"구태여 일할 필요도 없는 것 아닌가요?"
"그렇게 되면 사회가 정체됩니다. 어느 정도의 안빈낙도와 귀거래사와 같은 자발적 잉여는 필요하겠지만, 경쟁과 자발적 잉여가 조화로운 사회가 바람직하지요. 그것이 그분께서 인류를 창조하실 때의 의도라 할까요. 악의 유전자는 제거되었으되 각종 특성과 능력은 다양하게 주어져 다양한 삶……. 그러나 악의는 없는……. 경쟁이 없는 사회가 아니라 능력과 노력에 정당한 대가를 받을 수 있는 사회입니다. 기본 생활은 보장하되 더 나은 다양한 생활을 즐기는 데 필요한 능력과 노력이 있어야 하는 사회인 거지요. 사람들은 자신의 능력 범위와 한계를 잘 알고 있고 또 주어진 능력을 발휘하기 위해 끊임없이 노력합니다. 그것이 사회를 발전시키고 있지요.
직장은, 적성과 능력에 따라 AI를 통해 자기에게 맞는 직종이 정해지고, 원하는 장소와 원하는 시간에 근무할 수 있습니다. 기계 안으로 들어가면 성격, 건강, 지능, 감정에 따라 개인마다 적절한 특성과 능력이 산출되고, 가고 싶은 직장을 선택할 수 있게 합니다. 모두가 최고가 될 수도, 될 필요도 없습니다. 자신의 적성과 능력에 맞는 직장에서 근무하며 만족감을 느낄 수 있습니다. 먹고 사는 경제적인 문제 때문에 직장이 있는 것이 아니라 즐거움과 성취의 보람을 위해 일터가 필요한 것입니다."

"예술은 어떻게 변했나요?"
"예술가들이 경제적인 어려움으로 인해 작업을 못 하는 경우가 없는 사회이기 때문에, 다양하고 많은 사람에게 즐거움을 줍니다. 모든 예술이 누구에겐가 희락을 주면 되는 것이지 질적 최고의 예술일 필요는 없고, 있을 수도 없습니다. 단 한 사람, 작가에게라도 만족을 주면 되기도 합니다. 다만 '예술'이라는 이름을 붙일 수 있느냐는 AI가 정합니다. 과거 모든 예술에 대한 기록을 입력시켜서 예술과 장난 혹은 쓰레기와 구분이 됩니다. 인간이 작품의 가치를 정하기에는 편견이 많습니다. 찌그러진 깡통이 거리에 굴러다니면 쓰레기이지만 그럴듯한 전시상에 있으면 예술이 되지 않나요?"

"과거지구(過去地區)에는 환경문제로 골머리를 앓고 있습니다. 인류가 망하게 된다면 그 원인이 환경문제라는 주장이 많습니다. 여기서는요?"
"모든 동식물이 공존하며 위해가 되면 저절로 사라집니다. 온난화도 사전에 AI 시스템이 진행을 막고, 지역에 따라 최적의 온난 시스템을 구성하게 됩니다. 추워야 할 곳은 춥고 더워야 할 곳은 덥습니다. 지역 단위 혹은 건물 단위로 최적 온도와 쾌적한 공기가 유지되고 있습니다.

 공중과 바다와 지하에서 의식주의 해결책을 발견할 수 있습니다. 인류에게 필요한 자원이 지하와 바다는 물론 달과 별에도 있습니다. 그때그때 필요에 따라 채취하여 가공하면 됩니다. 구태여 넓은 대지가 필요하지 않습니다. 농토는 지하에도 바닷속에도 공중에도 만들 수 있습니다. 필요하다면 사막을 옥토로 바꿀 수 있지만, 사막을 사막답게 유지하고 있습니다. 사막에도 생물들이 존재하고 있거든요. 물은 바닷물을 활용하여 적절한 식수와 농업용수, 공업용수 등을 생산합니다.

 에너지 문제도 태양열을 활용한 다양한 기술들이 개발되어 해결됐고요. 기술발달로 식량문제도 해결되었지요. 모든 먹을거리는 맛과 향과 영양소가 다양한 사람들의 기호와 필요에 따라 제공되고 있습니다."

"교통지옥은 어떻게 해결되었나요?"
"자동차와 기차, 비행기가 운행되더라도 상호 충돌을 방지할 수 있도록 AI 시스템이 조정합니다. 모든 교통수단은 자율주행 시스템입니다. 소유개념이 없이 누구나 어느 곳에서나 이용할 수 있습니다. AI 시스템이 도로에서 철로에서 항로에서 공중에서 적정 속도와 최적의 길을 찾아 주고 있습니다.

 도시 집중화는 문제가 되지 않습니다. 모든 교통 시스템과 통신 시스템이 최적화되어 있고, 자유자재로 이용할 수 있어, 도시에 사는 것이나 농촌에 사는 것이나 편익에는 전혀 차이가 없습니다. 타고난 성격과 취미에 따라, 원하는 곳에서, 하고 싶은 일을 하고 살 수 있습니다. 시골에 사는 것과 도시에 사는 것, 바닷속에 사는 것과 공중에 떠 있는 마을에서 사는 것, 모두 마음대로 선택할 수 있습니다.

우주로의 여행도 자유화되었습니다. 달에도 별에도 사람들의 마을이 형성되어 있고, 우주선들이 자유롭게 들락거리며 사람과 자원을 실어 나르고 있습니다. 우주 공항은 항상 승객 나르기에 바쁘지요. 앞으로는 자동차나 비행기나 배 대신에, 의자에 앉아 갈 곳을 말하면 순간이동이 되도록 연구하고 있습니다."

"의식주에도 변화가 많겠군요."
"옷은 각자의 취향에 따라 미적 요소만 고려합니다. 옷이 온도를 몸 상태에 맞게 자동조정합니다. 식생활은 열량 걱정 없이 먹고 싶은 대로 먹어도 모든 사람의 상황에 맞게 열량이 자동으로 조정되는 약 한 알이면 됩니다. 운동도 즐기기 위한 것이지 몸무게나 건강을 위한 것이 아닙니다. 저녁에 잘 때 기계 속으로 들어가면 각자에게 맞는 최적의 상태로 수면을 취하고 몸무게도 조정되고 필요한 근력도 생성됩니다. 꼭 자야 하는 것도 아니지요. 적정 수면시간이 있는 것이 아니라 개인의 욕구에 따라 수면시간도 얼마든지 조정할 수 있습니다.

집은 크기와 형태도 원하는 대로 조정될 수 있습니다. 발전된 3D 프린터 같은 기계로 공중에 지상에 지하에 바다에 어디든 건물을 지을 수 있으므로 주택난이나 사무실 난이 없습니다."

"그럼 완벽한 파라다이스가 된 것인가요?"

"인간 세상이니 역시 완벽하지는 않지요. 인간이 악의는 없어졌지만 변덕스럽잖아요. 하지만 해결해야 할 문제들이 발생하면 AI 시스템을 통해 그분의 뜻에 합당하면서도 인간의 변덕을 만족시킬 수 있는 낙원을 만들기 위해 미래연구소에서 노력하고 있습니다. 한번 가 볼까요? 어디까지나 지금은 2068년이고 앞으로의 인간 세상은 어떻게 변할 것인가는 확정된 것이 없지요. 그분의 주권에 속한 영역입니다."

마지막으로 에스더는 녹산을 미래연구소로 인도한다. 역사박물관과 달리 화려한 외향을 갖추고 있고 잔잔한 음악과 향기로운 꽃들이 주위를 감싸고 있다.

*

"좀 더 나은 사회를 만들기 위해 여기 미래연구소에서는 많은 연구가 수행되고 있습니다."

"지금도 좋은데 더 좋은 세상을 위해 노력한다는 말씀이군요."

"좋기는 좋은데 인간 사회기 때문에 여전히 뭔가 조금은 부족한 느낌이 들지요."

"모든 인간이 신과 같다면, 창조주는 인간 세상을 만들 필요가 없었겠지요. 이론적으로는 '부족함이 있어서야 완전함이 완성된다.'라는 이유랄까. 완전하다는 것은 불완전도 포함돼야 완전하다는 단어를 쓸 수 있지 않나요? 그것이 신의 세계와는 다른 인류

사회가 아닐까 싶어요."

"그럴 수도 있겠네요. 여하튼, 미래연구소에서는 '어떻게 하면 그분의 주권에 도전하지 않고 창조의 본래 의도를 존중하여, 인간 사회를 천국답게 유지할 수 있을까?' 하는 것들을 연구하고 있습니다."

"어디까지나 그분은 인간을 자기 닮게 창조하셨지만, 그분이 인간을 다스리는 존재라는 대원칙은 변함없다는 얘기군요."

"그렇지요. 심재원도 인간세계인지라 창조주의 지혜에는 미치지 못합니다. 요즘 재미있는 연구과제는 '인간이 모두 신과 같으면 어떻게 될까?' '지옥에 있는 사람들조차도 어떻게 낙원으로 인도할 수 있는가?' 하는 문제를 토론하고 있나 봐요. 하기야 '지옥은 왜 존재해야 하는가?'에 대한 설명도 필요하겠어요."

"지금까지 설명 잘 들었습니다. 과거지구(過去地區)로 돌아가더라도 꼭 현재지구(現在地區)인 심재원에 올 수 있도록 그분의 뜻에 합당하게 살도록 노력하겠습니다."

말을 마치자마자 정신이 번쩍 들어 눈을 떠보니, 하늘에 유유히 떠 있는 흰 구름이 나뭇가지 사이로 보인다. 나뭇가지에 앉아 있던 새들은 녹산을 바라보며 즐거운 노래로 무사 귀환을 환영해 준다. 건너편 농장 벽에 걸린 디지털 시계는 2023년 11월 28일 나타내고 있다.

가면무도회

개학한 지 얼마 되지 않은 날, 거리에는 이명박 대통령 취임 축하 분위기가 한창이었다. 자의 반 타의 반 명예퇴직을 눈앞에 둔 박영태 교수는 연구실 창문 밖으로 3월의 스산함을 바라보고 있다.

며칠 전 오후 늦게 총장실에서 호출이 있었다. 총장은 대외활동에서 잘나가고 있는 박교수의 눈치를 보는 처지였다. 작년까지만 해도 청와대를 비롯한 정부 부처에서 비중 있는 각종 위원회에 참여하고 있었기 때문에, 학교에서 무슨 일이 있으면 총장도 박교수에게 부탁하곤 했다.

"총장님, 아직 퇴근 안 하시고 어쩐 일이세요. 안색이 안 좋으신 것을 보니 혹시 무슨 일이 있으신가요?"

"음. 앉아요. 골치 아픈 일이 있어서요. 혹시 요즘 학과에서 무슨 일 있었나요? 이를테면 교수님들 사이에 무슨 다툼이라도……."

총장은 영태와 눈 맞추기를 피하면서 뭔가 말하기를 주저주저했다.

"아니요."

영태는 무슨 일인지 짐작이 가지 않았다. 조민기 교수가 요즘 학기 초인데도 학교에 나오지 않고 있다는 것 외에는 별다른 움직임이 없기 때문이었다.

"다름이 아니라……."

무슨 일인지 총장은 이야기를 선뜻 꺼내지 못하고 뜸을 들였다. 영태는 직감적으로 자신에 관한 곤란한 일인 것

가면무도회 81

같다는 느낌을 받았다.

"저에 관한 문제인가 보군요. 말씀하세요."

총장은 작심한 듯 자세를 바로 하더니 이야기를 꺼냈다.

"교수님을 모함하는 투서가 있었어요. 그것도 무기명이 아니라 조민기 교수님께서, 박교수님이 연구비를 횡령하고 또 제자와 간통했다는 내용인데요. 학교에서 적절하게 처리하지 않으면 고발하겠다는 겁니다."

"네?"

영태는 며칠 전 학과 교수회의에서 조교수가 석사과정 학생인 배신아로부터 이상한 이야기를 들었다고 하면서, 영태의 눈치를 보았던 기억이 났다. 신아는 영태가 미술대학원 석사과정에 입학시켰던 학생이다. 이제 정년이 2년밖에 남지 않아, 담당했던 석·박사과정 학생 지도를 조민기교수에게 넘겨주었는데, 그중에 40대 유부녀인 신아도 포함되어 있었다. 바로 그 학생 문제구나 하는 직감이 왔다.

"혹시 배신아라는 학생 아세요?"

"네. 조교수가 소장으로 있는, 디자인연구소 소속 석사과정 학생인데요."

"그 학생이 자술서 형식으로 고발한 문서를 조교수가 저에게 가져왔어요. 노무현 정권에서 이명박 정권으로 바뀌는 묘한 시점이라 뭔가 찜찜하네요. 여기 그 학생의 자술서 사본을 읽어 보세요."

영태는 후들거리는 손으로 받아들고 읽어 본다. 박교수가 원래 매월 100만 원의 연구비를 주기로 정부에 신청하고서 실제 50만

원씩밖에 주지 않는다는 것과 2년 전 자신이 박교수의 강요로 성관계를 갖게 되었다는 내용이다.

총장은 박교수가 진술서를 다 읽고 나자, 눈치를 살피며 조심스러운 목소리로 조교수로부터 받은 느낌을 이야기했다.

"조교수가 학생을 잘 달래서 해결하려 하지 않고 오히려 동조하는 느낌을 받았어요."

박교수가 총장이 원하는 대정부 관련 모든 업무에 적극적으로 도와주었기 때문에, 총장은 박교수 편이라 할 수 있다. 한편, 총장은 그동안 여러 가지 학내 일을 통해 조교수의 간교함에 대해 잘 알고 있어, 항상 경계 대상으로 삼고 있었다.

"오히려 조교수가 부추기지 않았나 하는 생각을 버릴 수 없네요."

영태는 아무 말도 하지 않았다. 카멜레온 같은 조교수의 음습한 미소가 문득 떠올랐다. 자기 이익을 위해서라면 어디든 안면 몰수하고 빨대를 꽂는 인간이라는 것을 다시 확인하고 있는 셈이다. 그러나 은혜를 원수로 갚는다고 해도 너무 지나치다는 생각이 들어 슬펐다. 아무 말 없이 총장실을 나왔다.

*

민기는 영태가 정부 요직의 위원회에 뻔질나게 나가고, 좋은 프로젝트를 독식하다시피 한 것에 대해 항상 불만이 많았다. 영태에게 정부 활동에 참여할 수 있게 부탁도 했으나, 좋은 위원회에 참여할 수 있도록 별로 힘 써주지도 않는 것 같았다. 영태가 제법 심심찮게 정부 관련 프로젝트를 수주해와 학생들 간에 인기가 높고 자신은 소외되어왔던 것도 기분 나빴다.
 며칠 전 신아와 영태와 민기 셋이서, 프로젝트 중간 연구비가 입금되어 함께 일식집에서 술자리를 가진 적이 있었다. 셋이 거나하게 취했는데 조교수가 이것저것 불만 섞인 항의를 하고는 그 이후로 학교에 나오지 않고 있다.
 "박교수님 이번 2억짜리 프로젝트를 따오셨다면서요."
 "네. 2억을 신청했는데 1억으로 계약할 수밖에 없었네요."
 "그럼, 우리 연구소도 열악한데 연구비 좀 나눠주시지요."
 "그게 좀 어려워요. 저야 연구책임자로 되어 있으니까 당연히 참여했고, 여기 신아씨는 프로젝트 서류작업을 해왔습니다. 사실 이번 정권 말기라 문화부에서 위원들 수고했다는 차원에서 마련한 프로젝트거든요. 그래서 위원들만 참여했습니다. 우리 대학 연구소 이름만 빌리고, 원장이신 조교수께 아무 도움을 드리지 못해 죄송합니다."
 "정권이 바뀌기 잘했어요. 제기랄 끼리끼리 해 처먹은 게 어디 하나둘인가요. 공모 프로젝트도 크고 좋은 것은 모두 자기들끼리 다 차지하고, 부스러기나 개에게 던져 주듯 하니까."
 민기는 사께 한 잔을 쭉 들이켜고는, '탕' 하고 빈 컵을 탁자 위에 놓으며 혼잣말처럼 중얼거렸다. 동석해서 두 사람의 눈치를 보던 신아는, 손으로 술잔을 이리저리 만지기도 하고 홀짝거리기도 하다가 분위기가 이상해지는 기미가 보이자 중간에 끼어들었다. 신아에겐 박교수나 조교수나 그놈이 그놈이다. 좌든 우든, 진보든 보수든, 여든 야든 자기에게 잘만 해주면 되는 것이다. 박교수도 조교수도 같은 패거리에 속하면서 자기들끼리 툭탁거리는 것이 가소로웠다.

"그래도 그동안 대학원 학생들에게 많은 혜택이 돌아갔어요. 우리야 진보든 보수든, 좌파든 우파든 상관없어요. 아니 두 분께서는 같은 진영이시잖아요. 서로 지금까지처럼 친하게 우리를 돌봐주시면 좋겠어요."

운동권 출신인 박교수는 신춘문예를 통해 등단한 데다가 미술평론 관련 교수여서 여기저기 노무현 정부의 위원회에 불려 다니고 프로젝트를 따다가 학생들에게 나눠주니 학생들에게 인기가 높았다. 그리고 항상 좋은 게 좋은 것이라는 태도여서 적도 없는 편이다.

"암, 그렇지요. 조교수님 우리 잘해봅시다. 이제 저도 정년이 가까워 모든 업무에서 자유로워지고 싶어서, 제가 지도하던 대학원 학생들 지도를 조교수님께서 맡아 주십사 부탁했던 겁니다. 감사합니다. 흔쾌히 받아주셔서."

"아, 네, 네."

벌써 민기는 혀가 짧다. 비틀거리며 휘적휘적 나갔다. 신아도 박교수의 눈치를 살피며 조교수를 따라 나갔다. 영태는 민기를 데리고 나가라고 신아에게 손짓을 했다.

신아의 논문 통과 여부는 이제 조교수에게 달렸다. 신아는 결혼한 지 10년 된 유부녀로 석사과정 논문만 남겨놓고 있다. 감정에 휘둘리는 성격이지만 서류작업 하나만은 신속하고 비교적 정확하게 처리했다. 신아를 대학원 석사과정에 입학시킨 것은 당시 학과장이었던 박교수였고, 자신이 조교로 데리고 있었다. 석사과정을 마치고 논문을 쓰게 되면서부터 조교수 휘하에 있는 연구소의 직원으로 보냈다.

신아는 민기를 부축하여 술집을 나왔다. 민기는 신아의 어깨에 팔을 얹고 몸을 겨우 가누며 가면서도 여자가 느껴졌다.
"신아씨, 어디서 잠시 쉬었다 갑시다. 술이 오르니 몸이 말을 안 듣네요."
"저기 모텔이 있어요. 저기 가서 좀 쉬시지요."
둘은 모텔로 들어갔다. 민기는 정신을 차려야겠다고, 옷을 주섬주섬 벗고는 샤워장으로 들어가 물을 틀었다.
"아, 이제야 정신이 좀 드네요. 신아씨도 샤워하시고 술을 깨세요."
"아니, 저는 괜찮아요."
신아는 TV를 켰다. 마침 심야 프로그램이 좀 야했다. 40대 초반인 신아는 남편이 사업에 바빠 항상 아내인 자기에게 소홀한 것이 불만이었다. 그나마 대학원에서 공부하면서 조교로 활동하고 있어 여기저기 바쁘게 활동하는 맛에 취해 살고 있었다.

신아는 성 문제에 대해서는 관대했다. 영태와도 몇 번 잠자리를 함께했다. 신아가 영태를 유혹하는 편이었다. 민기가 샤워를 마치고 방으로 들어오면서 몸을 닦자, 신아는 주섬주섬 옷을 벗었다. 그리고 내복을 입은 채로 샤워장으로 들어갔다. 아무리 봐도 거울에 비치는 자신의 모습이, 아무 남자에게나 주기에는 아깝다는 생각이 들었다. 많은 남자가 자기를 호시탐탐 노렸고, 신아는 자기에게 도움이 될 만한 남자들에게는 육체적으로 헤픈 편이었다.

"최대한 즐기면서 이 몸뚱이를 활용해야겠어. 걸신들린 놈들에게 몸 보시하는 거니까 부처님도 용서하시겠지."

샤워기를 틀어놓고 흥얼거리며 몸에 비누칠했다. 신아는 영태가 평생교육원장이었을 때, 평생교육원 학생의 인연으로 가까워졌다. 어느 연말 저녁 회식 자리에서 영태가 신아의 유혹에 걸려 육체관계를 갖게 되어 코가 꿰인 셈이었다. 그 이후로 회식이 있는 날에는 신아와 영태는 모텔에도 자주 갔다.

영태는 그녀가 원하는 대로 석사과정에 입학도 시켜주었다. 석사과정 학생 입학은 면접으로 결정되고, 면접관은 학과장인 박교수와 동료 교수인 조교수였다. 대학원 입학 때만 되면, 영태와 민기는 서로 자기가 입학시키기를 원하는 학생을 면접시험에서 도와주었다.

신아는 요즘 조교수와 찰떡궁합인 것처럼 공공연하게 설치고 다녔다. 영태와 모텔도 가지 않을 뿐만 아니라 좀 냉랭하여 사무적인 태도를 유지하고 있지만, 민기와는 마치 오누이같이 행동하고 다녔다. 영태는 그러려니 하고 오히려 신아의 그물에서 빠져나온 것을 다행으로 여기고 있는 참이었다.

*

영태는 대학 3학년 때 학비를 벌기 위해 휴학을 하고, 의류 제조업체 총무과에 들어갔었다. 옷을 디자인하여 생산도 하고 판매도 하는 중견 회사였다. 미술대학에 적을 두고 있어서 디자인 부서에 임시직으로 취업할 수 있었다. 그러나 공장 생산라인에서 학벌이 없는 시골 출신 여성들이 착취당하는 것을 보고 자의 반 타의 반으로 노동운동에 참여했다.

사실 영태 자신은 정의를 보고도 용기를 낼 수 없는 우유부단한 성격이다. 노동운동이라는 것에 별로 관심도 없다. 술을 즐겨 마셨고, 확고한 줏대가 없어 유혹에도 잘 넘어갔다. 우선 학비를 마련하기 위해서라면 자신도 부정을 외면하지 못했다. 회사에서 미술작품 제작에 필요한 재료 중 일부를 가져다가 집에서 사용했다. 자신이 그림을 잘 그리는 것이 곧 회사를 위하는 것이라고 합리화했다.

어느 날 퇴근 무렵에 총무과에 근무하는 소동수대리가 영태를 불렀다.

"영태씨, 오늘 저녁에 한잔하면서 내 고민 좀 들어줘야겠어."

"하. 하. 그러죠. 제가 소대리님 상담사 아닙니까."

"고맙네. 상담료 대신 술은 내가 사지. 자네만큼 내 속을 잘 알아주는 사람이 주변에는 없는 것 같아."

대충 책상을 정리하고 두 사람은 자주 찾아가는 뼈다귀해장국집으로 갔다. 서로 시답지 않은 이야기를 주고받다가 술이 얼큰하게 올라오자 좀 심각한 표정으로 소대리가 본론으로 들어갔다.

"요즘, 우리 화성공장 여직원들이 너무 열악한 환경에서 일하고 있다는 것을 자네도 잘 알지?"

"네. 그러나 뾰족한 기술도 없고 학벌도 시원치 않으니 별수가 없지 않겠어요?"

"그렇지. 그러나 나에게는 내 누나고 여동생들이라고 생각이 드는 거야."

"저도 그래요. 소대리님이 사장님하고 친하니까 생산공장 환기시설과 냉난방시설만이라도 좀 개선하도록 해보세요. 여름에는 너무 덥고 겨울에는 너무 추워서 작업실적도 저조하고 불량품도 적지 않잖아요."

"나도 그렇게 생각해서 몇 번이고 사장한테 건의했는데, 콧방귀도 뀌지 않아. 자기는 외제 차에 고급 일식집에서 여자들하고 노닥거리면서 말이야."

"외제 차는 대외관계 때문이라면서요. 돈 있는 것처럼 보여야 은행에서 융자도 잘해주고 고객들도 좋은 제품을 만드는 대단한 회사인 줄 안다면서요."

"좀 그런 면은 있지. 금융기관들도 잘 되는 회사에 돈을 빌려주고, 고객들도 겉이 번지르르한 회사에서 좋은 제품이 나오는 것으로 알거든. 여하튼 화성공장 환경개선이 중요해. 그래서 말인데, 사장이 말을 안 들으니까, 노조를 결성하면 좋겠어. 요즘 여기저기서 노조를 설립해서 투쟁하면 생산직들의 처우가 많이 개선된다고 하더군."

"그렇긴 하나 봐요. 그러나 너무 과격하거나, 사장이 전혀 수용하지 않으면 괜히 회사가 혼란해지지 않을까요?"

"그래서 내가 영태 자네의 도움이 필요하다는 거야. 자네는 대학도 다녀서 아는 것도 많고, 글도 잘 쓰고……. 나는 행동대장 할 테니까 자네가 계획도 세우고 대정부 관계 일도 좀 맡아줘. 정식으로 노동조합 신고도 해야 확실할 것 같아."

"생각해 보죠."

"자네가 이것저것 회사 물품 가져다가 사적으로 사용한다는 것 잘 알아. 내가 모두 눈감아줄 테니까 그 대신 나 좀 도와줘."

"알겠습니다. 사실 열악한 생산직 아가씨들 도와준다는데 싫어할 사람이 있겠어요? 보람된 일이죠."

처음에는 노조설립에 부정적인 태도를 보이다가, 소대리가 영태의 회사 물품 부정 사용을 눈감아 준다는 소리에 마지못해 응한 것이었다.

적지 않은 어려움이 있었으나 지방노동청에 노조설립 신고를 하고 소대리가 앞장서서 생산직 여성들을 모아놓고 설명회 겸 사장님께 요청할 요구사항을 낭독하는 등 노동운동을 시작했다. 소대리는 회사에서 잘렸고, 그로 인해 더욱 노동운동에 적극적으로 나섰다. 영태는 어쩔 수 없이 노동운동 대열의 앞장에 선 꼴이 되었다.

*

총무과 소속이면서 비서실 터줏대감인 고등학교 출신 소동수는 나이가 40세로 만년 대리였다. 부장과 과장이 송사장 친척들로 채워져 있기 때문이었다. 이 회사의 창립 때부터 근무하여 20여 년을 이 회사에서 잔뼈가 굵은 사람이다. 우직했으나 영리하지 못한 동수는 대학물을 먹은 영태를, 노동운동하는 데 자기가 부족한 부분을 보완하기 위해 끌어들인 것이다.

 소대리는 같은 총무과 소속 여직원 정명희와 송사장의 주례로 결혼도 했다. 중신아비 역할을 한 것도 송사장이었다. 명희는 오랫동안 송사장의 비서였다. 사실 소대리와 정비서에게 잘못 보이면, 송사장 자신이 저지른 비위들이 세상에 알려지고 문제를 일으킬 것 같은 노파심도 작용해 둘을 묶어 관리할 속셈이었다. 정비서는 워낙 유능하여, 송사장은 정비서에게 대내외 인사들 관리를 전적으로 의지하였다. 거래처든 하청업자든 송사장을 만나려면 정비서를 통해야 했는데, 정비서는 송사장이 만나서는 곤란한 사람과 만나야 할 사람을 잘 구분하였다. 송사장이 만나기를 거북해하는 사람을, 정비서는 기분 나쁘지 않게 잘 차단하였다. 그밖에도 송사장의 눈치를 잘 살펴, 가려운 데를 긁어 주는, 어쩌면 송사장에게는 수족과도 같은 비서였다. 추석과 구정이면 기자들과 관련 기관 사람들을 챙기는 것도 정비서였다.

 소대리는 결혼 5년째 되던 우연한 기회에, 운전기사를 통해 송사장이 비서였던 아내를, 소대리와 결혼하기 오래전에, 성폭행했다는 소리를 듣고, 배신감에 치를 떨며 노조 운동을 적극적으로 시작했다.

 송사장 집안 온갖 잔심부름까지 맡았던 소대리는 송사장의 비리를 속속들이 알고 있었다. 물론 송사장은, 영리하지 못했으나 우직한 소대리에게 금전적인 보상을 늘 섭섭하지 않게 했다. 원래 가난했던 소대리는 희귀병을 앓고 있는 아들 때문에 경제적으로 많은 어려움을 겪고 있었다.

  송사장이, 합작사인 일본회사 간부들이 방한할 때마다, 소대리가 성 접대를 주선했다. 그뿐만 아니라, 송사장은 오랫동안 회삿돈을 주머닛돈처럼 사용하고 있었다. 아내가 송사장에게 농락을 당한 것을 알고부터는 그동안 소대리가 아무렇지도 않게 생각했던 송사장 비리가 새록새록 떠올랐다. 특히, 소대리가 만년 대리인 이유도 바로 송사장 친인척들이 총무과를 꿰차고 있기 때문이기도 했다. 아들과 딸은 물론 부인까지 연구개발부라는 유령부서를 만들어 부인은 이사, 큰아들은 부장, 작은딸은 과장으로 발령을 내고 출근도 하지 않으면서 월급을 꼬박꼬박 받아갔다. 이들이 타고 다니는 외제자동차와 운전기사도 모두 회삿돈으로 지급했다. 집수리비는 물론 가정부 월급조차도 회사 총무과 소속업무로 위장해서 회사의 자금을 빼내 갔다.

*

  소대리가 영태와 손잡고 노조를 설립하고 파업을 활용하기 시작한 것은, 70년대 노동운동이 여기저기에서 터지던 때였다. 소대리가 경찰서에 잡혀갔고 영태도 잡혀갔으나, 영태는 순순히 모든 것을 경찰이 원하는 대로 진술한 덕에 기소유예로 풀려났다. 소대리는 1년 실형을 받았다. 소대리는 사규에 의해 회사를 떠나야 했다. 물론 송사장은 소대리에게 위로금으로 상당한 돈을 쥐여 주었다. 앞으로도 어려울 때는 송사장이 적극 도와주겠다고 약속하여 소대리의 입막음을 철저히 했다.

영태는 회사를 그만두고, 다시 3학년으로 복학하였다. 회사에서 노동운동한 전력이 있다는 것을 안 선배들이 강권해서 데모하는데도 참여했다. 회사 노동운동 때 유인물을 작성한 경험과 문장력이 있어서 각종 선전물과 현수막을 만드는 데 도움을 주었을 뿐 실질적으로 앞장서서 데모한 것은 아니었다.

졸업 후에는 이력서를 여기저기 넣어 봤지만, 노동운동 전력이 있어 취업이 되지 않아 대학원으로 피신하였다. 지방대학 대학원에 적만 걸어두었다가 어찌어찌하여 졸업장을 쥐게 되었는데, 1980년에 졸업정원제가 되면서 석사학위만 있어도 대학 강단에 설 수 있었다. 작은아버지가 설립자와 잘 아는 지방 사립전문대학에서 강의를 맡고 있다가 중앙 일간지에 미술평론으로 등단하였다. 마침 김영삼 정권이 등장해서 운동권 출신들이 점차 득세하기 시작했던 시절이었다. 등단하자 갑자기 영웅처럼 대접을 받았고 지금의 4년제 대학 전임강사로 자리를 옮겼다. 친구가 운영하는 미술 잡지사에서 일을 도와주다가 친구가 죽는 바람에 잡지사도 책임지게 되었다. 노동운동 전력이 있어서 특히 김대중 정부 시절부터 잘나가는 관변학자가 되었다. 노무현 정부 때가 영태의 전성기였다. 각종 미술 관련 상의 심사위원을 비롯하여 예술 분야 국가정책 수립에도 뻔질나게 불려 나갔다.

*

고등학교에서 전교조 간부였던 조민기 교수는 영태와 함께 노동운동을 했던 인연으로 영태를 구워삶아 영태가 몸담고 있는 같은 학과의 전임강사로 오게 되었다. 민기의 주도면밀한 간교함이 물러 터진 성격의 영태를 잘 활용한 것이다.

어느 날 각 노동단체 간부들의 워크숍이 있었다. 영태는, 회사에서 오너들이 회사 자금 횡령하는 문제 척결을 위한 방안을, 민기는 사학비리 척결을 위한 대안을 제시했다. 금요일 오후 내내 열띤 토론을 끝내고 회식 자리가 마련되었다. 다음 날 오전에 시청 앞 광장에서 노동단체들의 집회에 참여하기로 되어 있었기 때문에 철야 농성할 계획이었다. 여러 노동단체가 토요집회를 준비하기 위해 광장에 천막을 세웠다. 워크숍에 참석한 노조 간부들은 토요집회에 동참하기 위해 천막 안에서 하룻밤을 보내기로 되어 있었다.

민기는 그날 자신의 발표가 제일 형편없다는 생각이 들어 폭음했다. 정신이 혼미하여 자신도 모르게 술자리에서 일찍 일어나 숙소인 텐트로 갔다. 텐트 안에는 마침 함께 따라온 여선생님이 술이 약해 회식 자리에서 빠져나와 자고 있었다.

술버릇이 좋지 못한 민기는 술만 취하면 여자를 탐하는 버릇이 있었다. 룸살롱에서 술을 마실 때는 반드시 파트너와 함께 모텔로 갔다. 민기가 자주 찾는 룸살롱마다 전용 모텔이 있었고 파트너 여성들과 2차를 가는 것은 자연스러운 코스처럼 되어 있었다. 아무리 경찰의 단속이 있어도 소용이 없었다. 룸살롱에서 충분한 안전대책을 마련하고 있기 때문이었다.

민기는 술 취할 때마다 튀어나오는 버릇을 버리지 못하고, 여교사에게 다가가 성관계를 가진 것이다. 술에 취해 자고 있던 여선생도 소리를 치자니 창피를 당할 것 같아 말없이 저항은 했으나 소용이 없었다. 이튿날 아침 피해를 당한 여선생이 집행부에 항의하는 바람에 문제가 된 것이다. 모두 노동운동에 부정적 영향을 미칠까 걱정이 되어 우왕좌왕하고 있었는데, 이미 경험이 있던 영태가 직접 나서서 여선생님을 설득하여 민기의 성폭행 문제는 수면 아래로 가라앉았다. 여선생도 그 문제가 부각되면 교단에 설 수 없는 것이 두려워 잠잠하기로 했던 것이다.

과거에 영태도 근무하던 회사에서 노조 간부로 있을 때, 술에 취해 회사 노조 담당 여직원과 강제로 성관계를 갖게 되었는데, 워낙 강하게 항의하는 여직원 때문에 곤욕을 치른 적이 있었다. 회사 사장이 개입하여 여직원을 설득하였고 충분한 보상과 파격적 진급을 통해 무마한 전력이 있었다.

민기는 원래 투철한 사명감을 가지고 노조에 가입한 것은 아니었다. 어느 고등학교에서, 자주 전날 과음으로 지각을 하고, 가끔 선생님들 회식할 때는 술 먹고 행패를 잘 부려 학교에서도 내놓다시피 했었다. 마침 노동운동이 일어나자 거기에 편승한 것이었다. 자기가 손해 보는 짓은 절대 하지 않고 이익이 있는 곳에는 은혜도 망각하고 자기 이익 추구에 혈안이 되는 것이 민기의 세상 살아가는 방식이고 장점이라면 장점이었다.

*

 며칠 후 학교에서 비공개로 박영태 교수에 대한 징계위원회가 열렸다. 총장, 사회대학장, 교수협의회 회장, 인사처장이 참여하는 간담회 형식이었다.
 "오늘 모이시라고 한 것은 박영태 교수에 관한 투서가 있어서 이를 어떻게 처리할까, 의견을 나누자는 자리입니다."
 배신아 학생이 제출한 진술서를 인사처장이 읽었다. 참석자들은 그동안 많은 학교의 애로사항을 박교수를 통해 해결해 온 공로를 잘 알고 있었지만, 적지 않은 교수들의 시샘도 받고 있는 터였다. 더구나 이제 노무현 정권에서 이명박 정권으로 바뀌었기 때문에 사실상 박영태 교수의 약발도 떨어질 것이 분명했다.
 총장과 인사처장은 보수적 경향을 보이고, 교수협의회 회장과 사회대학장은 진보진영에서 주로 활동한 교수들이었다. 박교수의 학교에 대한 공로는 다 인정하는 교수들이라 영태 문제보다는 최근 정권교체에 따른 대처 방안과 특히 진보와 보수에 대한 논쟁으로 번졌다.
 "박교수 문제는 좀 더 지켜봅시다. 무엇보다 사회대학장님이 조민기 교수와 친하시니까 잘 설득해서 제발 평지풍파 좀 일으키지 말라고 하세요."
 "네. 설득해 보지만 그 친구 한번한다고 하면, 옳고 그름을 떠나서 밀고 나가는 성격이라서……."
 "그렇지만, 당근을 던져 주면 설득하기 쉬울 거예요. 조교수가 뭘 원하는지 좀 알아봐 주세요."

"알겠습니다."

"그나저나 요즘 시국이 어떻게 돌아갈 것 같습니까? 대통령이 바뀌면 교육정책도 바뀌니까 이명박 대통령과 줄이 닿는 교수가 있는지 인사처장님이 좀 알아보세요."

"알겠습니다. 아무튼, 노무현 정권에서 힘깨나 쓰던 진보진영 사람들은 걱정이 많겠어요."

"큰 부자는 삼대는 간다는 속담이 있잖아요. 당분간은 정부 기관들에는 그들의 영향력이 남아 있겠죠."

"우리 정치는 사색당파의 그늘을 벗어날 수가 없나 봐요. 진보진영 사람들이 권력을 쥐더니 다 자기편들만 기용하고, 상대 진영 정책은 아무리 좋아도 돌아보지 않잖습니까. 앞선 정권에서 좋았던 것은 그대로 계승하고 더 좋은 것을 덧붙여 가야 하는데."

"맞아요. 특히 교육정책은 좀 장기적인 안목에서 살펴야 하는데……. 앞으로 어떻게 바뀔지 모르겠어요."

"정치가 진정으로 국가와 국민을 생각하는 것이 아니고, 말은 국민을 위해서 한다고 하면서 행동은 자기 진영을 위해서 싸워 왔잖습니까."

"시작은 항상, 국민, 민주, 정의 뭐 그런 좋은 말은 다 내세우지만, 뒷구멍으로는 자기 살 궁리만 하는 것이 우리나라 정치인들의 가장 큰 문제점이거든요."

"진보나 보수나 똑같아요. 국민보다도 자기들 밥그릇에 충실한 거죠."

"과거 민주화 운동을 하던 분들이 더 자기 밥그릇 찾기에 혈안이 되어있는 것 같아요. 모두가 다 그런 것은 아니지만, 진정으로 국민을 위하는 사람은 소수인 것 같아요. 그들 무의식에는 지면 죽는다는 생각이 꽉 붙잡고 놓아주지 않고 있어요."

"인류의 역사를 살펴봐도, 국민, 민주, 자유, 평등이라는 말처럼 속 다르고 겉 다른 것은 없는 것 같아요."

"우리 사회가 패러디 사회라고 할 수 있을 겁니다. 우리말에는 좋은 단어들이 패러디되어 오히려 반대의 뜻을 의미하고 있는 경우가 많지요."

"맞아요. '아가씨'라는 말처럼 좋고 순수한 뜻이 있는 단어도 없는데, 막상 여자들에게 아가씨라고 부르면, 마치 다방종업원이나 술집 접대부 취급하는 것처럼 오해하거든요."

"이제는 '민주'나 '국민'이라는 단어를 들먹이는 사람을 보면, 마치 사기꾼 같다는 생각이 들어요. 유권자들은 선거에서 제대로 후보자들을 평가하고 심판해야 하는데 그렇지 못하고 있어요."

"우매한 대중이 문제지요. 겉 다르고 속 다른 사람들을 가려내어 선거에서 심판하면 진정한 민주와 자유가 확보될 수 있을 텐데, 그들은 또 당선되기 위해 여러 가지 당근을 지역구 주민들에게 나눠주니, 순수성은 쳐다보지도 않고 당장 눈앞의 이익에 표가 좌지우지되니까요."

"우매한 군중……. 그래요. 푸시킨의 「보리스 고두노프」에서 알 수 있는 것은, 군중은 '역사의 주체세력'이라는 힘을 가진 집단이긴 하지요. 군중 개개인, 그리고 선동하는 사람 개개인은, 거짓이 있고 음흉한 마음이 있을지 모르나, 일단 그럴듯한 캐치프레이즈 밑에 서기만 하면, 거기에 몰입하여 큰 힘을 발휘하고 있습니다. 그러나 군중은 어리석고 변덕스러워 언제 바뀔지 모르거든요. 소설『보리스 고두노프』에서 군중은 고두노프가 황제를 죽였다는 것도 알았지만 후계자로 추대했고, 그레고리가 가짜라는 것을 알면서도 황제로 추대했지요. 히틀러의 힘도 군중에게서 나왔습니다. 우리나라에서 적지 않은 민중들의 시위가 있었고 그로 인해 정권이 바뀌기도 했습니다. 그 사이에 불순한 몇몇은 약삭빠르게 자기 잇속을 챙기기도 했구요. 순수한 마음으로 참여한 사람들이 손해를 보는 사례가 적지 않았습니다.”

러시아 문학을 전공한 인사처장이 푸시킨의 소설을 예로 들어 요즘의 사태를 진단하자, 모두 숙연하게 듣고 있다.

“맞아요. 정말 순수한 마음으로 앞장선 사람은 소수에 불과하지요. 그런 사례 중에 대표적인 것이 독립운동이지요. 순수한 의미에서 독립운동을 한 후손들은 지금도 가난하고, 독립운동과 친일 그 사이에서 줄타기를 잘한 사람들은 득세했었지요.”

“러시아 푸시킨의 소설에서 보면, 군중은 팩트를 잘 알려 하지 않습니다. 그저 그럴듯한 명분과 단어로 선동하면 우우 몰려들지요. 민주와 평등 그리고 국민을 위한다는 대의명분 아래 거짓 선동이 난무하는 것이 현실입니다. 비록 참여하는 사람들이 거짓인 줄 안다 해도 목숨을 내놓는 것은, 제시하는 슬로건이 군중들에게 마약과 같아서, 물불을 가리지 않고 달려들게 합니다. 팩트를 종합적으로 체크해 보면 불순한 리더들이 순수한 대중을 선동하여 악용하는 경우가 많았어요. 전두환 정권도 결국 자기 야욕을 차리기 위해, 많은 선량한 군인들을 '빨갱이들이 난동을 부리고 있다.'는 말로 설득하였고, 결국 총부리를 시민들에게 돌린 경우라 할 수 있지요."

"얼마 전에 신문칼럼을 읽어 보니 어떤 분이 용감하게 운동권을 신랄하게 비판하고 있더군요. 동서를 막론하고 운동권 문화는 타락하기 전에는 낭만적, 미학적, 비장감, 자유분방 같은 게 없지는 않았다. 그러나 이게 자꾸만 대중화하고, 떼거지가 되고, 떼쟁이가 되고, 권력화할수록 그 문화의 수준이 바닥으로 떨어진다고 주장하시는 글을 읽은 적이 있는데 그분 주장이 수긍되는 현실이 슬퍼요. 사실 그분 주장대로, 프랑스의 1968년 운동, 미국의 베트남전 반대 운동, 히피 문화도 처음엔 그럴싸한 구석이 없지 않아 보이다가 결국엔 이런 과정을 밟아 제풀에 소멸했지요."

"우리나라도 마찬가지인 거 같아요. 특히 사색당파가 국민의 DNA에 있는지, 내 편 아니면 모두 적이라고 하는 데 문제가 있지요. 저도 그 칼럼을 읽은 적이 있는데 출세하기 위해서는 운동권에 속해야 하는 양, 너도나도 우우 몰려들어 운동권이 마치 8학군처럼 상한가를 기록했고, 그 과정에서 삼류 양아치들이 운동권에 섞여들었다고 주장하는 글을 읽고 수긍이 가더라구요."

"진정으로 노동자들을 생각하는 전태일 같은 노동운동가와 참교육을 위해 헌신하는 전교조 선생은 1%나 될까요? 민주, 자유, 평화, 행복 등의 단어가 욕되고 있는 현실이 안타까워요."

"영국과 같은 정치풍토가 어서 이 땅에도 자리를 잡아야 할 텐데 말입니다. 영국도 지역주의와 정치인들의 이전투구가 없진 않아도, 상식 밖의 너 죽고 나 죽자는 정치행태는 없는 것 같아요."

역사를 전공한 총장과 러시아 문학을 전공한 인사처장이 주거니 받거니 민주화 운동의 허실을 지적했다. 진보진영에 기울었던 교수협의회장과 사회대학장은 그저 꿀 먹은 벙어리처럼 듣고만 있었다.

"자, 자, 마치 징계위원회가 정치세미나 비슷하게 흘렀네요. 오늘은 이만하고 각자 박교수 징계문제를 어떻게 처리할지 고민해 보시고 다음에 만납시다."

회의를 마치자는 총장의 제안에 인사처장이 결론 비슷하게 한 마디 한다.

"조금 전에 말했다시피 우선 조민기 교수를 설득해 보구요, 박교수는 정년도 얼마 남지 않으셨는데 차라리 문제가 커지기 전에 명예퇴직하도록 권유하시는 게 좋을 듯합니다."

인사처장의 제안에 모두 좋은 생각이라는 듯 고개를 끄덕였다.

버려진 등대

오늘은 유난히 스산한 해파랑길 바닷가에, 버려진 등대가 낮은 언덕 위에 서 있다. 이제는 저녁이 와도 등불을 켜지 않는다. 깜깜한 밤에는 어화가 지나가며 흩뿌리는 불빛을 받아 등대를 더욱 슬프게 만든다. 등대 앞쪽 해변에는 방부목으로 만들어진 둘레길이 있고, 둘레길에는 오늘따라 사람들도 드물게 오가고 있다. 옆 동네가 재개발되면서 등대는 쓸모없게 되었으나 주변은 잘 정돈되어 있어 산책길로 안성맞춤이다.

순구는 바닷가에서 옅은 잿빛 구름의 환송을 받으며 하루를 마감하기 위해 수평선 너머로 향하는 태양을 한참 동안 바라보았다. 서쪽 하늘이 붉게 물들기 시작하자 방부목 다리 아래로 난 오솔길을 따라, 등대가 있는 언덕에 오른다.

순구는 일출을 좋아하고 석양은 일부러 외면해 왔다. 요즘에 들어 석양이 더 아름답다고 느껴지기 시작하면서 해 질 녘이면 이곳을 자주 찾는다. 등대는 불을 켜지 않는지 오래되었으나 오솔길이 생겨 또 다른 존재가치를 가지게 된 것이다. 저 등대가 없어지면 이 오솔길을 찾는 사람이 몇이나 될까. 그런데 이 오솔길은 언제까지 있을까. 시간은 공간을 계속 변화시켜 새로운 무대를 만들어 간다.

아마추어 화가인 순구는 가까운 대학에서 문화평론을 가르치고 있다. 요즘처럼 평론이라는 것이 부질없다고 느껴진 적이 없었다. 글쓰기보다는 그림이 좋다. 글쓰기는 나의 심중이 즉시 드러나지만 그림은 내가 드러내되 수용은 각자가 알아서 하니까, 그리는 자도 보는 자도 더 편하지 않을까 싶다. 자주 들고 다니는 가방에서 작은 이젤을 꺼내 칠이 벗겨진 의자 옆에 세우고 그릴 준비를 한다. 한참 바다와 하늘을 번갈아 보다가, 캔버스에 검은 구름만 잔뜩 그려놓고 멍하니 여러 가지 상념에 젖는다.

 순구는 원래 미술대학에 진학하려 했으나 실기가 뒤따르지 못해 낙방하고, 재수해서 국문과를 졸업했다. 재학 중에 문화평론으로 신춘문예에 당선된 후, 해파랑길 가까운 예술대학에서 십년째 문화평론을 가르치고 있다. 대학교수로 임용되면서, 대학에서 운영하는 평생교육원에 학생으로 등록도 하고, 본격적으로 그림 공부를 시작했다. 함께 그림을 배우는 동료들끼리 전시회도 여러 번 열었다.
 순구는 글이 잘 써지지 않으면 이젤을 들고 야외스케치를 나가곤 한다. 오늘도 답답한 심정을 화폭에 풀고자 해파랑길을 걷다가 여기를 찾게 된 것이다. 이 등대는 경화와의 첫 경험이 있었던 곳이다. 지난 오월 새벽 이곳에서 있었던 일이 주마등처럼 떠오른다. 엷은 구름이 가리고 있어 신비롭게 구름 사이로 비치는 태양을 보면서, 왜 하얀 보름달 같은 그녀의 젖가슴을 떠올릴까. 순구는 진심으로 경화를 사랑한다고 믿고 싶다. 경화가 내년에는 떠날 것 같아서 날마다 새록새록 경화의 귀중함을 느끼고 있던 차에, 이번 미투 사건이 벌어졌다.
　순구는 그리다 만 그림 위에 붉은 물감으로 시 한 편을 캔버스에 쓴다. 문득 자신이 모든 것을 내려놓는 것이, 꺼진 등대에 불을 다시 밝힐 수 있을 것이라는 생각이 든다. 아니 불이 영원히 켜지지 않아도, 등대는 새로운 의미를 찾아가며 그 자리에 그대로 서 있을 것이다.

등대 가는 길

　해어지고 얼룩져 나뒹구는 낙엽들도
　여명과 석양빛에 절여지면
　천국 뜨락 향기로운 노래가 되는데,

　불을 켤 수 없는 등대에는
　화려한 이력서 너덜거리는
　어둑한 그림자들만이,
　난파선에서 죽은 원혼들과
　식은땀을 흘리며
　어설픈 춤마당을 펼치고 있구나

　언젠가 남루한 등대 주위에
　새로운 꽃이 피어 더 많은 이에게
　잔잔한 미소를 비춰줄 수 있으려나

순구는 학부 시절부터 자기를 잘도 따랐던 경화를 떠올려 본다. 고등학교 때 백일장에서 제법 상도 적지 않게 받았다면서, 자기도 문화평론에 대한 글을 쓰겠다고 순구에게 자주 찾아왔다. 글을 써서 수정 보완해야 할 점을 지적해 주기를 여러 번 부탁해왔다. 결국, 경화는 4학년 때 순구가 관여하는 잡지에 문화평론으로 등단했다. 4학년을 마치고 바로 조교로 순구의 연구실에서 심부름하면서 석사과정에 다녔다. 이제 졸업논문도 거의 마무리한 상태다.

경화는 순구의 손발이었다. 각종 서류 정리는 물론, 순구가 잡지사에 보낼 원고의 초고를 정리하는 것뿐만 아니라, 자발적으로 순구가 원하는 것이 무엇인지 미리 찾아서 했다. 학과에서 순구에게 배정된 학생들을 친동생들처럼 보살펴 주고 있어 상담사 역할을 톡톡히 해냈다. 학생들에 대해 알아볼 일이 있으면, 경화가 정리한 학생면담기록부를 보면 훤히 알 수 있을 정도였다.

경화가 석사과정을 마치자마자 내년에 결혼한다고 하니, 순구는 앞으로 지낼 일이 막막하다. 결혼한 후에는 시댁이 경영하는 회사에서 일을 돌보지 않을 수 없으므로 학교 일은 계속할 수 없다는 것이다. 지금껏 그녀만큼 순구가 뭐가 필요한지 찾아서 도와주었던 조교는 없었다.

*

매년 오월이면 대학에서 가까운 해파랑길 바닷가 모래밭에서 다양한 학과 행사가 열렸다. 몇 개월 전 그날도 행사가 끝난 후, 저녁 식사를 마치고, 노래방에서 조교들과 교수들이 어울려 노래를 하다가, 순구와 경화는 도중에 나와 바닷가를 거닐었다. 순구가 답답해서 밖으로 나오자, 경화가 그림자처럼 따라 나온 것이었다.

"나오길 잘했지? 답답한 지하 노래방보다 탁 트인 여기 바닷가가 훨씬 좋다."

"맞아요. 교수님은 노래를 영 못하시네요. 춤은 좀 엉터리이긴 하지만 봐줄 만했어요."

"우리 조상들이 글은 잘 쓰지만, 노래는 음치들이 많아."

"아~하~ 조상 탓이군요."

"경화는 노래를 잘하던데. 문학보다는 가수로 나가도 크게 성공했겠어. 오우, 달빛에 비치는 얼굴이 선녀 같네. 아냐 틀림없이 우렁각시가 이 세상에 내려와서 나를 돕고 있는 게 틀림없다."

"보름달이 서쪽으로 치우치기 시작하는 것을 보니 새벽의 여신이 가까이 오는 것 같네요."

경화는 싫지 않은 표정이었지만 좀 어색한 듯 딴전을 피웠다.

"음. 새벽 2시로구나."

"아이 추워. 파도 소리가 서늘하게 감미롭네요."

경화는 순구와 팔짱을 끼고 몸을 밀착시켰다. 오월의 바닷가는 으스스해서 서로의 체온이 더욱 따뜻하게 다가왔다.

"우리 저기 등대 있는 곳으로 올라가자. 달이 뜬 바다를 한눈에 더 잘 볼 수 있겠다."

"네."

등대가 있는 언덕으로 올라가 옆 평평한 잔디밭에 나란히 몸을 기대고 앉았다. 술기운도 있었지만, 무엇보다 경화의 체온이 순구의 온몸으로 퍼져서 앞에 뜬 보름달이 유난히도 사랑스러웠다. 바다 위에는 달빛 조각들이 은빛 물고기들 되어 춤을 추고 있었다.

"교수님 눈에 보름달이 떴어요."
"그래? 어디 경화 눈에도 보름달이 있는가 보자."

경화의 어깨에 올려져 있던 순구의 왼손으로 경화의 얼굴을 자기 쪽으로 돌렸다.

"응, 네 눈에도 달이 떴구나."

바다 물결 위 달빛 조각들이 경화 눈 속으로 풍덩 잠겨 있었다. 바짝 다가온 경화의 얼굴에서 희미한 술 냄새와 어울려 묘한 향기가 순구의 오감을 자극했다. 한참 동안 경화의 눈을 바라보다가 경화의 입술에 살며시 자신의 입술을 포갰다. 경화가 순구의 입술을 받아주자, 꼭 품에 안고 격렬한 키스를 퍼부었다. 경화도 적극적으로 응해줬다. 분홍색 실크 블라우스 단추를 하나하나 풀자 하얀색 브래지어가 나타났다. 보름달처럼 아담하고 둥근 젖가슴이 순구의 입안 가득히 빨려들어 왔다. 경화는 처음에는 좀 머뭇거렸으나 소복한 숲을 적극적으로 내어 주었다.

"교수님. 제가 사랑하는 거, 잘 아시지요? 요즘 젊은이들이 너무 쉽게 내준다고 생각하진 마세요. 오랫동안 교수님에 대한 사랑이 제 가슴속에 차곡차곡 쌓여왔어요."

"나도 그래. 언젠가부터 네가 없으면 일이 손에 잡히지 않았고, 집보다는 네가 있는 학교에 머무르는 시간이 점차 길어졌지. 너도 퇴근 시간이 나 때문에 늦어져도 늘 웃음을 잃지 않았지."

"아. 행복해요. 저 달님도 우리를 축복해주는 것처럼 함박웃음을 웃고 있잖아요? 평생 진실한 사랑하나 가지고 있다는 것이 얼마나 행복할까 항상 생각했어요. 엄마가 아빠의 학대를 참으면서, 우리만 바라보고 사시는 것이 참으로 안쓰러웠어요. 엄마가 어느 날 밤 저에게 고백하셨지요. 사랑하는 이웃집 총각이 있었다구요. 그런데 그 총각이 폐병으로 일찍 죽는 바람에 같은 동네에서 엄마를 집요하게 따라다녔던 지금의 아빠와 결혼하게 되었다네요. 아빠가 그 사실을 어렴풋이 아시고 더 학대하셨대요. 그럴수록 저 천국에서 다시 만날 첫사랑을 생각하면서 견디셨답니다."

"옛날에는 서로 대놓고 만나기가 어려웠을 텐데."

"엄마는 사람들 눈을 피해 마을 가까이에 있는 묘지에서 매월 보름달이 뜨는 날에 그 총각을 자주 만났대요. 혼자 찾아가는 길이 전혀 무섭지 않더래요. 물론 서로 안아보지도 못했고 키스도 해보지 못하셨다네요. 그저 손만 서로 잡고 만지작거리는 게 전부였지만, 너무 행복했대요. 엄마는 지금의 아빠에게 얻어맞으면서도 그 총각을 생각하면 참을 수 있었구요. 그러면 아빠는 더 화를 내며 웃는 얼굴에 물건을 집어 던지며 화를 내셨고."

"사랑의 힘이란 무서운 것이지. 어떤 어려움도 웃음으로 이길 수 있고. 어떻게 저녁에, 그것도 묘지에서 만날 생각을 하셨다니?"

"밤에 묘지에는 아무도 오지 않으니 사람 눈을 피하기에는 안성맞춤 아니겠어요?"

"그렇겠다. 사실 이 시간에 여기 불 꺼진 등대에도 귀신이 나올까 봐 아무도 오지 않을 거야. 그래서 우리는 더욱 안심하는 것이고, 하, 하······."

"그러고 보니 우리 어머님 로맨스가 이해되네요. 어떻게 무서운데 묘지에서, 그것도 보름달이 뜰 때 만나셨는지 이해할 수 없었거든요. 달밤에는 귀신이 나올 것 같다고 생각했는데, 지금 우리가 여기에 전혀 무서운 줄 모르고 있는 것을 보니 이해가 가요. 오히려 저 달이 우리를 지켜 주고 있다는 생각이 드네요.

"인간에게 사랑이란 가장 중요한 생의 원천일 거야. 의식주는 사랑의 포장지라고 할까. 사랑은 모든 것을 이겨내거든. 저승사자도 두려워하는 게 사랑이란다."

"그렇겠네요."

"물같이 흔한 것 같으면서도, 오염되지 않은 사랑은 참으로 드문 게 요즘 세상인 것 같아. 예술도 역사도 철학도 학문도 모두 사랑 때문에 생명력이 있다고 할 수 있을 거야. 사랑이 빠진 예술이 무슨 가치가 있겠냐. 요즘 과거의 명화나 명곡처럼 많은 사람의 심금을 울리는 작품이 적은 것은 사랑이 오염되어 있기 때문이 아닐까 싶어. 물론 사랑의 정의는 사람마다 시대마다 장소마다 달라서 정답이 없지만."

*

순구는 아침 일찍 학교에 출근하다가 깜짝 놀랐다. 연구실 문에 붙어 있는 A4용지에 다음과 같은 문구가 붉은 글씨로 쓰여 있었다.

'제자를 성폭행한 장순구 교수는 즉각 물러가라.'

종이를 떼어 연구실 안으로 들어가서 과사무실로 전화를 걸어 경화를 찾았다. 부지런한 경화는 벌써 출근해 있었다.
"교수님, 찾으셨어요?"
영문을 모르고 연구실로 들어선 경화는 평소처럼 웃음 가득한 밝은 얼굴이다.
"이게 어떻게 된 거니?"
"모르겠는데요. 무슨 내용이 쓰여 있나요?"
"읽어 봐."
경화의 얼굴이 금세 잿빛으로 변했다. 누가 그랬는지 알 것 같았다. 지난밤 남자친구인 현수와 밤늦게까지 술을 마셨는데, 취중에 순구와의 관계를 털어놓았던 것이었다.
경화는 활달하여 학과 일도 잘하고 꽁하게 무슨 말을 가슴에 담아두기보다는 스스럼없이 털어놓는 성격이다. 동기인 4학년 과대표 현수를 좋아했고, 최근에 결혼 말이 오갔다.
현수는 가업을 이어받을 외동아들이어서, 대학을 졸업하자마자 결혼하고 아버지 회사에서 경영수업을 받게 되어 있었다. 졸업을 앞둔 요즘 결혼 말이 오가자 현수에게 교수님과의 관계를 털어놓는 것이 좋을 것 같다는 생각을 버리고 있다가, 술 힘을 빌려 고백한 것이다.
 "현수야, 너는 속이 넓은 친구라 양해할 거라 믿고 고백할 게 있다."
 "뭔데. 네가 이야기하는 것이라면 뭐든지 다 좋아."
 "나, 너도 사랑하지만, 순구 교수님도 사랑해."
 "알고 있었어. 그래 어떤 관계야? 교수님은 가정이 있잖아."
 "가정이 있다고 사랑하지 못하나 뭐? 너하고 결혼하고 싶지만, 교수님을 사랑하는 마음은 어쩔 수 없어. 아, 내가 왜 이러지? 어지럽다."
 "너무 마셨다 너. 그래 교수님과 어디까지 갔는데?"
 "맨 처음 남자였어. 지난번 바닷가에서 학과 신입생환영회가 있었을 때 등대가 있는 숲에서……."
 현수는 아무 말 없이 건너편 벽을 바라봤다. 소주를 병째로 벌컥벌컥 마셨다.
 "고백하고 나니 후련하다."
 "육체관계는 용서할 수 있을 것 같다. 그러나 사랑한다는 말은 용서가 안 된다. 한 여자가 두 남자를 사랑한다는 말은 그럴듯한 사기다. 교수님을 사랑한다는 말은 내게 하지 마라."
 경화는 식탁 위에 팔을 올려놓고 그 위에 엎드렸다. 소주를 너무 많이 마신 탓이었다. 게다가 항상 언제 현수에게 고백할까 마음속에 짐이 되었는데 이제 털어놓고 나니 홀가분해서 잠이 들어버렸다.

소심하고 자기중심적인 현수는 겉으로는 아무렇지도 않았지만 속은 말이 아니었다. 부유한 가정에서 외동아들로 태어나 어려움을 모르고 자란 현수는 내성적이어서 자기 마음속을 남에게 털어놓기가 여간 어려운 것이 아니었다. 그러나 남을 배려하는 행동을 잘해서 학생들 사이에서 인기가 높았다. 남들의 어려움을 앞장서서 도와주지만 자기 어려움은 끙끙 앓으면서 견디는 성격이다.

"경화야 일어나. 가자. 너무 취했어."

경화는 비척거리며 일어나려다 주저앉았다. 현수는 학교 가까이에 있는 원룸에 경화를 데려다 눕혀 주고는, 호프집에 들러 이런저런 생각을 하다가 새벽녘이 다 되어서 기숙사로 돌아왔다. A4 지에 붉은 매직으로 똑같은 내용을 써서 순구 연구실과 총장실 문에 붙였다.

그렇지 않아도 미투 운동이 학교를 휩쓸고 있어서 혼란스러운데, 순구는 난감했다. 경화가 핸드폰으로 현수를 불렀다. 마침 현수가 과 사무실에 와 있었다.

"빨리 교수님 연구실로 와."

현수는 순구 연구실로 들어와 꾸벅 절을 하고는 고개를 숙인 채 엉거주춤 서 있었다. 한참을 창밖을 보고 있던 순구가 입을 열었다.

"현수야 미안하다. 내가 경화를 사랑하기는 했지만, 너에게 큰 상처를 주었구나. 더 이상 만나지 않고 자숙하며 살겠다."

"현수야, 나는 너를 사랑해. 용서해줘. 그리고 앞으로는 너만 생각할 거야."

책상 의자에 앉아 있던 경화도 얼굴을 들지 못하고 모기만 한 목소리로 현수를 다독였다.

"알겠어. 그렇지만 제가 존경하는 교수님께서 어떻게 제가 사랑하는 사람을 범할 수 있어요? 교수님도 제가 경화를 사랑하는 줄 잘 알잖아요."

"너희 둘이 가깝다는 것은 알았지만, 서로 동창끼리 학과 일을 돕는 줄로 알았지."

궁색한 순구의 변명에 더 화가 난 현수는 고개를 들고 순구를 쳐다보며 큰 목소리로 대들듯이 말했다.

"무엇보다, 교수님은 사모님이 계시잖아요."

"그래, 내가 순간 미쳤나 보다."

"교수님이 강제로 그런 건 아니었어. 내가 교수님을 좋아하는 것 너도 잘 알잖아. 그때 분위기에 끌려 어쩔 수 없었던 거야. 이제 너만 생각할게."

경화는 서둘러 현수를 이끌고 밖으로 나갔다. 현수는 경화를 좋아하고 늘 학과사무실에서 이것저것 경화 일을 거들어 주었다. 그런데 현수도 좋아했던 교수님이, 경화와 육체적인 사랑까지 나눴다는 것에 현수는 화가 난 것이다.

현수와 경화는 과에서 무슨 행사가 있을 때마다 학과장인 순구를 도와 깔끔하게 일을 잘 처리해 왔다. 현수도 순구를 따랐다. 셋은 행사가 끝나고 자주 함께 식사도 하고 호프집에도 갔었다.

　학과 신입생환영회가 있던 날에도 현수는 4학년 과대표로 따라갔다. 현수는 경화와 입학 연도는 같지만, 군대에 다녀와서 이제야 졸업을 앞두고 있다. 경화가 팔짱을 끼고 했어도 부끄러워 경화를 안아보지도 못했다.

　경화와 현수가 교수님 연구실을 나와 과사무실로 돌아왔다. 마침 학생회장인 진구가 그들을 기다리고 있었다. 경화가 시무룩한 표정으로 구겨진 종이를 쓰레기통에 집어 던지자 잽싸게 주워서 펼쳐 본다. 화들짝 놀란 경화가 얼른 진구 손에서 구겨진 종이를 빼앗아 박박 찢어 버린다. 그러나 이미 진구는 붉은 글씨로 크게 쓰인 '제자를 성폭행한 장순구 교수는 즉각 물러가라.'는 글을 읽어버렸다.

　"장교수가 누구를?"

　경화가 당황해하면서 눈을 어디 둘지 모른다. 눈치 빠른 진구가 경화와 장교수의 관계를 눈치챈 듯싶다. 오래전부터 경화가 장교수의 손발처럼 도와주는 것을 알았으나 설마 했다. 그러나 이제는 이해할 수 있을 것 같다. 진구는 음흉한 미소를 띠고는 현수를 쳐다본다. 이미 현수와 경화가 결혼할 것이라는 사실은 진구도 다 아는 처지다.

　"현수야, 어떡하니? 장교수님 그렇게 안 봤는데……. 현수야 내가 혼내줄게."

"아니야, 사실이 아니야."

현수는 복잡한 표정으로 과 사무실에서 나가버린다. 경화는 책상에 앉아 서류를 정리하고 있지만 손에 일이 잡히지 않는다.

"진구야, 너 일 크게 벌이지 마라. 다 해결되었다."

진구는 호재를 만났다는 듯이 흐뭇한 미소를 머금고 경화에게 손을 흔들며 밖으로 나간다.

며칠 후 영국에서 있었던 국제학술대회에 참석하고 귀국한 총장이 비서실을 통해 순구를 호출했다.

"교수님, 이런 종이가 며칠 전 내 사무실 문에 붙어 있던 것을, 김비서가 아침 일찍 출근하자마자 발견해서 떼어다가 보관하고 있었다고 합니다. 아직은 학내에 알려지지 않은 것 같지만, 아시다시피 요즘 미투 운동으로 학내가 시끄럽잖아요."

"면목 없습니다. 성폭행은 아니지만, 부적절한 관계는 있었습니다. 어떤 처벌도 달게 받겠습니다."

총장은 장교수를 잘 알고 있다. 부임한 이후 이십여 년간 가까이 지내왔다. 장교수는 매사에 성실하고, 학생들에게도 자상한 아버지 같다는 소문이 자자했다. 가끔 교수회의 때에 감정적이고 충동적인 행동이 눈에 거슬리기는 했지만, 예술인으로서 그러려니 하고 오히려 좋게 보아 왔다.

"내가 이 벽보에 관련된 학생들을 불러 알아보고 잘 대처하겠습니다. 교수님도 누군지 알고 있나요?"

"네. 우리 학과 경화라는 조교하고 사귀고 있는, 4학년 남학생 현수가 그랬답니다. 같은 학번인 둘은 결혼할 사이구요."
"가보세요. 일단 두 학생을 내가 만나보겠습니다. 아직 교내에는 알려지지 않은 것 같으니 추이를 지켜봅시다."
"네. 죄송합니다."
순구는 고개를 푹 숙이고 총장실을 나왔다. 등 뒤로 비서실 직원들의 눈총이 따갑다.

총장은 현수를 먼저 불렀다. 현수는 총장이 부를 줄 알고 있었던 듯, 종이 한 장을 손에 들고 총장실 문을 두드렸다.
"이게 자네가 써서 내 문 앞에 붙인 것인가?"
"네."
"자세한 경위를 말해보게."
"사실 그대로입니다. 여기 경화 조교가 쓴 자술서가 있습니다."
현수는 경화에게 자술서를 쓰라고 강요했었다. 자술서를 쓰면 최대한 사건을 아무 일 없었던 것으로 해주겠다고 설득했다. 경화는 현수에게 내가 취중에 한 말로 이렇게 파문을 일으키면 어떻게 하냐고 화를 냈었다. 더구나 경화도 현수도 모두 장교수를 좋아하고 따랐기 때문이다.
자술서에는, 장교수가 학과행사가 끝나는 날 새벽에 자기를 유혹해서 바닷가 등대가 있는 그곳에서 성관계했다는 내용이, 마지못해 쓴 것 같은 어지러운 글씨체로 쓰여 있다. 장교수가 자기에게 성관계를 요구했을 때, 반항하면 옷이 구겨지고, 다음 날 새벽 일찍 학생들과 함께 바닷가를 달리는 행사가 있는데, 학생들에게 구겨진 옷이 이상하게 보일까 봐 교수님 하자는 대로 따랐다는 내용이다.

"앞으로 어쩔 셈인가?"

"저도 후회하고 있습니다."

"다른 학생들도 알고 있는가?"

"아니요. 그날 밤 같은 내용의 종이를 장교수님과 총장님 방문에만 붙였습니다."

"자네는 어떻게 하기를 바라는가?"

"장교수님께서 경화와 저에게 진심 어린 사과를 하셔서 그것으로 됐습니다."

"만약 이 벽보를 다른 학생들이나 교수님들이 알면 난감하네. 우리 비서실에 있는 사람들만 알고 있는 것 같지만, 발 없는 말이 천 리를 간다고……."

"저도 잘 모르겠습니다. 술김에 써 붙이긴 했으나, 사실 경화와 저는 결혼할 사이거든요."

"자네도 잘 알지 않는가, 장교수님은 학생들을 사랑하는 좋은 분이라는 것을……."

"네. 그러나 총장님도 제 입장이 되면 저를 이해하실 것입니다."

"물론 자네의 심정을 잘 아네. 하지만 요즘 미투 운동으로 학교가 시끄럽고, 무엇보다 사건이 커지면 자네와 경화 사이에도 좋은 영향을 미치지는 못할 것이네."

"……."

"가보게. 더 이상 이 문제를 확대하지 말게나. 좀 도와주게나."

"네."

현수는 총장에게 꾸벅 인사를 하고 나갔다. 현수가 나가자 총장은 김비서를 통해 경화를 불렀다.

"경화 조교, 조금 전 장교수와 현수 학생을 만나봤네. 자네는 어떤 생각인가?"

"사실, 현수가 이렇게 나올 줄은 몰랐어요. 다음 학기에 현수가 졸업하면 바로 결혼하기로 서로 부모님들끼리 인사도 했거든요. 그런데 결혼하기 전에 현수에게 고백해야 할 것 같아, 숨김에 다 털어놓았어요. 그러나 저는 현수를 사랑하지만 교수님도 사랑하거든요."

총장은 참 난감한 표정이다. 한참 아무 말 없다가 경화를 안타까운 듯 바라본다.

"자네 심정은 이해하네. 잘 알다시피 요즘 미투 운동으로 학내가 시끄러운데 이 일이 불에 기름을 붓는 일이 될까 봐 걱정이네."

"네 총장님, 저도 그래서 사직을 하고 시골에 가 있기로 했습니다. 인사과에 사직서를 제출하고 오는 길입니다. 앞으로 현수와 결혼문제는 현수에게 달렸지만, 현수도 이일을 후회하고 있습니다."

"그래, 잘 해결되기를 바라네. 나는 기다리고 있겠네."

경화는 총장에게 인사를 하고, 고개를 푹 숙인 채 비서실을 통해 밖으로 나왔다.

*

다음 날 학교 게시판에 학생회장 이름으로, 우리 학교에도 성폭력이 있었다는 사실과 총장은 해당 교수를 강단에서 내려오게 해야 한다는 내용의 벽보가 붙었다. 벽보 앞에는 학생들이 모여 반신반의하며 웅성거리고 있다. 학생 대부분은 순구에 대해 잘 알고 있다. 학생들을 진심으로 생각해주는 교수님이 연관된 사실을 믿을 수 없다고 수군댄다.

경화는 대충 학교 일을 마무리한 후, 짐을 싸고 나서는, 학교 부근 '젊음의 거리'에 있는 호프집으로 갔다. 학과 임원과 교수님들과 자주 들렀던 곳이다. 순구가 먼저 와서 기다리고 있다.
"경화야 여기야. 어서 와. 짐은 다 쌌고?"
"네. 짐이라고 해야 옷가지하고 몇 권의 책이 전부예요. 교수님 미안해요."
"아냐, 네가 고발한 게 아니잖니. 네 잘못이 아니야. 현수 그 놈이 나쁜 놈이지, 아니 내 잘못이지. 내가 너를 농락한 꼴이 되었구나."
"등대에서 있었던 일은 후회하지 않아요. 저는 정말 교수님을 사랑했어요. 지금도 마찬가지고요. 저도 제 마음을 모르겠어요. 현수와 결혼하게 되는데 교수님과의 관계를 고백해야 할 것 같아서 술김에 고백해 버렸는데, 현수가 이런 일을 저질렀어요. 어떻게 해요?"

"내가 잘못했으니 닥쳐오는 모든 일은 내가 알아서 처리할게."

"현수는 저를 용서하고 이해한다고 하지만, 집으로 내려가 잠시 머리를 식히려구요. 현수와 결혼문제도 다시 생각해 보아야겠어요."

"내가 뭐라 할 말이 없구나. 보고 싶을 게다. 너 없이는 아무 일도 못 할 것 같다. 지금까지 구석구석 네가 챙겨줘서 학교 일이 참 수월했다."

"좋은 조교가 오겠지요. 밖으로 나가, 교수님께서 좋아하셨던 '젊음의 거리'를 함께 걸어요."

경화는 내일이면 정들었던 이곳을 떠난다는 것이 싫었다. 친구들과 교수님과 현수와도 자주 떠들며 걸었던 골목골목을 확인하고 싶은 것이다.

"어쩐지 낯선 땅을 밟는 기분이다. 경화를 가까이에서 보는 것도 마지막이겠구나. 보고 싶을 것이다."

"저두요. 저기 달이 떴네요. 오늘이 보름인가 봐요. 가로등 때문에 달빛이 흐리네요. 마치 교수님과 저와의 헤어짐을 슬퍼하는 것 같지 않아요?"

"그렇구나. 달은 항상 변함이 없을 것인데, 바라보는 우리 마음이 어떤가에 따라 달리 보이는 게지. 우리가 등대에서 본 달은 한없이 다정했지."

"교수님은 제 마음속에 항상 등대로 있을 거예요. 언제나 불이 환하게 켜져 있는 등대. 제가 어디로 갈까 모를 때, 살다가 길을 잃을 때, 교수님을 생각하며 힘을 내겠습니다."
"그래, 참, 내일 이사하려면 이것저것 준비할 게 많을 텐데, 이제 그만 들어가렴. 나는 좀 더 걷다가 들어갈게."
"네."
경화는 좀 더 함께 있고 싶었지만, 요즘 학교 일에 심란한 교수님의 심정을 이해할 것 같아, 아쉬운 작별인사를 하고는 지나가는 택시를 잡아탔다.

학교의 미투 사건은 경화와 현수의 적극적인 변호로 일단은 봉합되었다. 순구가 학생들에게 폭넓게 존경을 받아왔기 때문에, 다른 학생들은 학생회장의 폭로를 석연치 않아 했고, 학생회장인 진구의 과잉 반응으로 몰아가는 분위기였다. 진구가 자기의 목적 달성을 위해 물불을 가리지 않는다는 소문도 이미 학생들 사이에 파다했기 때문이다. 진구는 뭔가 자기의 존재감을 나타내는 사건이 필요했으나 잘못 짚은 것이다.

며칠 후 아침 늦게 현수가 울진에 있는 경화 집으로 차를 몰고 찾아왔다. 경화는 마침 부엌에서 앞치마를 두르고 설거지를 하고 있었다.
"현수야, 사전에 예고도 없이 어쩐 일이야? 미리 연락을 주지."
"응, 불시에 찾아와야 우리 색시가 뭐 하고 있는지 알 수 있지. 혹시 아직도 주무시지 않나 걱정했는데, 역시 학교에서처럼 부지런하네."

"어서 들어와. 마침 서방님 오실 줄 알고 청소를 막 끝냈는데."

얼굴에 웃음이 가득한 채 앞치마를 벗어 한쪽으로 치운다. 벽에 있는 거울을 보고 부스스한 머리를 손으로 대강 빗는다.

"부모님은?"

"응. 저기 뒷산에 올라가셨지. 아침 일찍 운동 삼아 약초를 캐러 가신다고."

"우리도 약초 캐러 갈까? 나는 잘 모르니 네가 어느 것이 약초인지 알려줘."

"그래."

경화는 망태기와 호미를 챙겨 앞장을 섰다. 호젓한 뒷산 오솔길을 한참 올라가다 나무 그루터기에 앉는다.

"우리 결혼, 아무래도 좀 미뤄야 할 것 같아. 모든 것이 말끔하게 정리된 후에 해도 늦지 않겠지? 졸업하자마자 결혼하는 것은 너무 성급해. 졸업 후 네가 회사 일에 어느 정도 적응한 후, 여름쯤에 결혼식을 올리자."

"너, 아직도 교수님 잊지 못하고 있니?"

"잊으려 노력하고 있어. 사람 마음이 그리 쉽게 정리되는 것은 아니잖아."

"실망이다. 우리 부모님은 벌써 마음 설레시며 내 결혼 준비에 바쁘신데……. 내가 외동아들이거든. 그리고 우리가 결혼해서 행복하게 살면 교수님도 쉽게 잊을 수 있을 거야."

버려진 등대

그때 경화 부모님이 오솔길을 내려오고 있다. 경화 아버님이 경화와 현수를 보니 반가운 표정이 역력하다.

"어, 사위 왔는가? 집에서 기다리지 않고……. 어쩐지 오늘은 빨리 내려오고 싶더라니."

경화는 엄마가 멀찍감치 휘적휘적 내려오시는 걸 보고는, 두 분이 또 싸우셨다는 것을 직감했다.

"엄마, 현수 왔어요."

"어서 오게. 부모님은 안녕하시고?"

"네. 아버님, 어머님, 안녕하셨죠?"

"응, 어서 내려가자."

네 사람은 앞서거니 뒤서거니 오솔길을 내려왔다. 서로 말이 없다. 집에 도착해서, 현수가 차 트렁크에서 꺼낸 소고기 선물세트를 부모님께 드리고는 큰절을 올린다.

"저의 부모님께서 두 분께 드리는 약소한 선물입니다."

"매번 고맙네. 이제 얼마 안 있으면 결혼식을 올려야 하는데, 사는 것이 이래서 어떻게 준비해야 할지 걱정이네."

"아빠, 그래서 좀 연기하려구요. 내년 봄에 졸업하고, 현수도 회사 일에 어느 정도 익숙해진 후 결혼해야, 제가 할 일에 대해 잘 안내해주지 않겠어요? 어차피 저도 회사 일을 거들어야 할 형편이라는데요."

"결혼은 말 나왔을 때 해야 하는 거야. 자꾸 미루면 좋지 않아."

"그렇지요? 저의 부모님도 서두르고 계세요."

"아냐, 내가 아직 마음 준비가 덜 되었어."

"경화 네가 언제 우리 말 들었니? 그러나 이번 결혼만은 내 말을 들어라."

경화 아버님은 단호하다. 현수는 웃음을 띠며, 아버님 말씀 잘 들으라는 표정으로 경화를 바라본다.

"가능한 빨리하도록 하겠어요. 그러나 좀 말미를 주세요."

경화는 혼란된 표정으로 부모님을 번갈아 보고 나서 현수에게 확인하는 눈빛을 보냈으나, 현수는 밖을 쳐다보며 딴전을 피우고 있다. 경화 부모님은 영 마음에 들지 않는 표정으로 경화와 현수를 번갈아 바라본다.

"알았다. 그러나 신중하게 알아서 처신하거라. 자, 점심이나 먹으러 시내로 가자. 자네가 올 줄 모르고 전혀 준비한 게 없으니……."

"제 차로 모시겠습니다."

경화 부모님이 시장에 올 때마다 들르는 설렁탕집에서 점심 식사를 마친 후에, 경화가 재촉하여 현수는 부산으로 마지못해 돌아간다. 경화는 오랜만에 시장에 나왔으니, 부모님들과 함께 천천히 혼수 시장을 둘러보고 버스를 타고 귀가하겠다고 우겨댔기 때문이다.

뱀 세 마리

하얀 데이지 꽃이 새벽을 흔들어 깨우자, 아침 태양이 서둘러 화장을 마치고 얼굴을 내민다. 형남은 매일 아침 태양을 똑바로 바라볼 수 없다. 맑은 햇살의 인사를 받기가 부끄럽기도 했지만, 오늘도 하루를 잘 살아낼 수 있을지 자신이 없기 때문이다.

형남은 하얀 데이지 꽃이 무성한 정원을 바라보고 있다. 올봄에는 가뭄이 심해 물주기를 게을리할 수 없어서, 일주일에 이틀 정도는 양평에 있는 농장에 머물러 있다. 어지간한 일은 인부를 사서 해결하고 있으나 물주기만은 손수 신경을 쓰지 않을 수 없다. 어떤 화초는 물을 좋아하고, 어떤 채소는 물을 덜 좋아한다. 어떤 잎은 그늘을 좋아하고 어떤 꽃은 태양을 반긴다. 식물의 성격에 맞게 보살피지 않으면 정원의 균형이 깨진다.

사람도 마찬가지여서 개개인의 성격과 환경에 따라 적절한 보살핌이 없으면 살 수 없겠다는 생각이 들었다. 그 적절한 보살핌이라는 것이 모호해서 인간사가 얽히고설킨다. 타고난 성격에 따라 현실적이건 낭만적이건 내성적이건 외향적이건 결정되어 있고, 거기에 맞는 환경과 적절한 할 일이 있어야 행복하다고 믿고 있으나 형남 자신은 어떤 유형인지 도대체 규정할 수 없다. 사람들을 좋아하면서도 어떤 사람이 자기에게 호감을 느끼고 다가오면 회피하기가 일쑤다.

작곡가인 형남은 정원을 클래식과 연결해 조성한다. 올

해는 사랑을 주제로, 각종 장미꽃을, 하트 모양으로 꾸민 정원 중심에 심었다. 주변에는 사랑과 관련된 꽃말을 검색하여 데이지와 나팔꽃으로 변주하였다.

데이지 꽃의 전설은, 대부분 꽃이 그렇듯이, 이루지 못한 사랑의 결과를 담고 있다. 아름다운 숲의 요정이 축제에서 신나게 춤을 추고 있었다. 총각이었던 과수원의 신이 한눈에 반했다. 둘은 사랑에 빠졌으나, 남편이 있는 숲의 요정은 괴로워하다, 꽃의 여신 플로라에게 간청하여 데이지 꽃이 되었다고 한다. 베토벤의 이루어질 수 없었던 사랑의 주인공 요제피네와 데이지 전설이 닮았다. 아름다운 것에는 슬픔이 조금은 깃들어 있어야 하나 보다. 너무 행복한 삶이 오래 지속되는 것도 지루할 것 같다.

세기적 사랑은 대개 긴 행복의 시간을 싫어한다. 굴곡진 양념이 들어가야 감칠맛이 나는 것이 사랑이 아닐까 싶다. 사랑 없이는 살 수 없는데 그 사랑이란 것이 도대체 요령부득이다. 남녀관계가 종족에 따라 시대에 따라 다르다. 일부일처가 대세이지만 일부다처도 허용되고, 심지어 어떤 종족의 경우에는 귀한 손님이 방문하면 부인을 제공하기도 한다. 한 여자가 여러 남자를 거느리는 종족도 있다. 수십 년 전 형남이 파리 지사에 업무 출장을 갔을 때, 지사장이 건네준 말이 생각이 난다. 프랑스 가정에서 형제자매들이, 같은 어머니 아버지를 가지고 있는 경우는 절반도 되지 않을 거라는 것이었다.

형남의 평소 지론은 창조주가 종족보존의 수단으로 사랑을 만들었다는 것이다. 창조주가 사랑을 만든 근본 취지를 존중하여 남녀관계는 굳이 도덕이나 법률이 개입해서는 안 된다고 생각하지만, 형남 자신은 행동에는 옮기지 못하는 용기 없는 남자다. 유난히 성적 욕망이 넘쳐나고 있는데, 속에서 들끓는 성적 욕망을 작품에 쏟아부어 해소한다는 말이 맞을지도 모른다.

형남은 정원의 꽃들을 바라다보며 이런저런 상념에 잠기다 아나운서 혼자 열심히 떠들어대던 TV 뉴스 중에, 산정호수에서 발생한 어느 여인의 사망 소식을 어렴풋이 듣고 정신이 번쩍 들었다. 잘 아는 사람인 것 같아서였다. 산정호수가 내려다보이는 3층짜리 별장에서 불에 타 죽은 시체로 발견되었다는 것이다. 화면에, 불탄 자리 부근에서 발견된 시집에 있는 「뱀 세 마리」라는 시가 클로즈업되고 있다. 산정호수 부근에서 농장을 경영하고 있는 형남의 절친 시집이다.

뱀 세 마리
- Symphony No. 5 in C minor

(1악장)
하늘 풍금 소리에 깜짝 놀라
신이 내린 그림 하나를 보았네
웃는 설움이 흔들리며 눈가에 숨어서는
나의 가슴으로 구름 한 점 보내 주었지
눈을 감으면 구름을 타고
하늘로 바다로 하데스의 나라까지

큐피드의 화살을 들고
신화의 나라를 열어간다

(2악장)
비단이듯 삼베이듯
내 마음 화폭에
그대는 항상
붓을 휘두르며 춤을 추네
피할 수 없는 길고 긴 뱃길
붓 끝 따라 피어오르는 나의 노래
사이렌(siren)의 하얀
날개에 올려 보내오니
밀랍으로 귀를 막진 마소서

(3악장)
산정호수 어느 객관(客館)에서
꿈을 꾸었는데
'내 슬픈 전설의 22페이지'에서
한 마리의 뱀은 어디로 사라지고
붉은 뱀 한 마리와 푸른 뱀 두 마리가
황홀하게 타오르는 불꽃 속에서
혼신의 춤을 추네

(4악장)
바다는 광풍에 뒤집혀

배에서 우수수 쏟아지는 남자들
남자들 살아나 유곽 거리에서 정신없이 헤매다
옆에 누워있는 여인의
발가벗은 등짝 위로
쪽방 창틈 비집고 들어온
아침 그림자가 천천히 기어오르면
비로소 기나긴 꿈에서 깨어난다

금난새 선생의 설명에 따르면, 베토벤의 「운명 교향곡」의 네 악장은 베토벤의 삶을 축약해 놓은 것과 같다. 어느 날 갑자기 찾아온 운명을 그린 1악장에 이어, 경건한 기도로 마음을 달래는 2악장, 인생에 대한 풍자를 그린 듯한 3악장을 지나, 4악장에서는 운명을 극복한 승자의 환희를 그리고 있다는 것이다. 기자는 이 시와 살인사건과는 무슨 관계가 있을까. 그리고 베토벤의 「운명 교향곡」과는 또 어떤 관계가 있을까. 파란 뱀 두 마리와 빨간 뱀 한 마리는 누구를 지칭하는 것일까 등등 이리저리 퍼즐을 열심히 맞추고 있다.

카메라 앵글이, '나는 항상 파란 뱀 두 마리와 빨간 뱀 한 마리가 활활 불 속에서 타면서 춤을 추는 꿈을 꾼다'는 낙서를 클로즈업시킨다. 「뱀 세 마리」라는 시의 옆 공간에 노란색으로 어지럽게 쓰여 있다. 불에 타 죽은 여인의 필체로 보인다는 것이다. 시체가 있었던 방 창가에는 뱀 세 마리가 서로 엉켜, 사랑을 나누는 그림이 그려진 캔버스가 놓여 있는데, 검은색으로 크게 X자로 뭉개져 있다.

죽은 여인은 부부관계도 원만하고 경제적으로도 부유한 가정이라는 설명을 곁들이는 기자는, 이 그림을 의미심장하게 해석하며, 삼각관계에 의한 자살일 것으로 보인다는 추측성 보도를 하고 있다. 한편, 경찰에서는 전혀 죽음을 암시하는 직접적인 증거가 없어 자살로 보기에는 미심쩍기 때문에 타살의 가능성도 열어두고 수사를 하겠다는 것이다. 다만, 1층에서 카페를 운영하는 죽은 여자의 친구 말을 인용하면서, 자살했을 가능성을 부인하지는 않고 있다. 이 별장의 여주인이 최근에 매우 우울해하며, 1층 카페에 와서 술에 취해 가끔 울기도 했다는 것이다.

*

형남은 싸락눈이 내리던 날 산정호수 주변에서 소규모 농장을 경영하고 있는 시인 친구를 만나러 갔다가, 친구가 집에 없어서 호숫가를 거닐게 되었다. 그런데 저 멀리 앞쪽에서 롱코트를 입은 여인이 호숫가로 내려가고 있는 것이 보였는가 싶더니 쭈르륵 미끄러져 물속으로 빠져들어 가고 있었다. 급한 경사는 아니었고 물도 얕은 지역이었기에 망정이지 큰일 날 뻔했다. 반사적으로 달려가서 거의 얼굴까지 잠기려 하는 여인의 허우적거리는 손을 잡아 끌어냈다. 수채화를 그리기 위해 이젤을 세워놓고, 팔레트에 물을 뜨러 내려가다 일을 당한 것이다. 겨울용 롱코트와 안에 두툼하게 입은 옷이 모두 물에 푹 젖어 형남의 부축을 받아야 겨우 비탈진 둑 위로 올라올 수 있었다.

"혼자 갈 수 있어요. 저기 이젤이나 챙겨 주세요."

처음 보는 사내의 손을 허리에서 풀며 혼자 몇 발자국을 뗐다.

"네."

이젤을 주섬주섬 챙기고 나서 여인을 쳐다보니 비척거리면서 잘 걷지 못했다. 물에 젖은 옷들이 무거웠고 무엇보다 롱코트 자락이 발에 자주 밟혔다. 형남은 그 여인의 오른쪽 팔을 자신의 목에 걸고 부축하면서 그 여인이 가리키는 집으로 향했다. 아담한 3층짜리 빨간 벽돌집이었다.

"제가 남편에게 부탁해서 지은 별장이에요. 1층은 제 친구가 커피와 한방차를 함께 팔고 있지요. 작은 규모의 미술 전시회도 하고 미니 음악회도 열 수 있답니다. 2층은 제가 음악 감상을 하며 그림 그리는 작업실이구요. 3층이 제 숙소랍니다. 가족들은 서울에 있고, 저와 남편이 가끔 별장을 찾고 있지요."

외간 남자에게 부축을 받는 어색함을 이겨내려는 듯 말이 많았다. 형남은 여인을 부축해 정원을 가로질러 가면서 그녀의 설명에 따라 주위를 둘러보았다. 날씨가 좋은 때는 앞마당을 활용하여 어지간한 규모의 행사는 소화할 수 있게 조성되어 있다. 널따란 잔디 마당 가에 나무가 우거져 있고 밑에는 단아한 의자들이 마련되어 있다. 나무는 대부분 소나무와 향나무였고, 사이사이 마로니에 나무들이 반은 헐벗은 채 서 있다.

"3층으로 올라가시지요. 우선 옷부터 갈아입어야겠네요. 날씨가 을씨년스러운데 따뜻한 차나 한잔 하시고 가세요. 오늘 정말 감사했습니다."

"네."

건물 외벽에 방부목으로 고풍스럽게 만들어 붙인 계단을 어렵게 올라가, 3층에 들어서니 제법 널찍한 거실과 몇 개의 작은 방이 있었다. 거실에는 와인바가 마련되어 있었다. 여인은 전기스토브 위에 물 주전자를 올려놓고는 작은 방으로 들어갔다.

"옷 갈아입고 나올 테니 물 끓는 것 좀 봐 주세요."

"네"

형남은 잠시 거실을 휘둘러보았다. 다른 그림은 걸려 있지 않고 검은색 피아노 위 10호짜리 캔버스에, 붉은 벽돌집과 흰색 데이지가 가득한 정원이 담겨 있다. 아마 이 별장을 그린 것 같았다. 와인바 한구석에는 빨간, 파란, 노란색의 커다란 향초가 반쯤 타다 남은 채 꽂혀 있는 멋있는 놋촛대가 있다. 남쪽 창문을 열고 베란다에 나가 난간에 기대어 눈에 젖어가는 산정호수를 바라보았다. 싸락눈 대신에 제법 큰 눈송이가 춤을 추고 있었다. 눈이 많이 내리는 것은 아니지만 첫눈다운 눈이었다. 눈송이들은 호수 면에 내려앉자마자 사라졌다.

"인생도 저 눈 같겠지……. 저걸 작품에 어떻게 담을 수 있을까?"

형남이 혼자 중얼거리는 것을 듣고는, 성해가 김이 모락모락 흔들거리는 커피잔을 내밀면서 웃음 띤 얼굴로 한마디 거들었다.

"오우, 영화의 한 장면 같은데요."

성해가 샤워를 하고 옷은 갈아입었지만, 머리는 젖은 채다. 성해는 우수에 젖은 형남의 모습에 쿵 하고 가슴을 한방 얻어맞은 느낌이다.

"필이 확 오는데요······. 참, 어떻게 마침 그곳을 지나고 있었어요? 선생님 아니었으면 물귀신 될 뻔했네요."

"친구가 이 근방에서 농장을 하고 있어요. 가을걷이도 다 끝났다고 자기가 담근 국화주 마시러 오라 했거든요. 마침 친구가 급한 일이 있어서 외출하는 바람에 만나지 못하고 눈 오는 호숫가를 산책하고 있었네요."

"무슨 농장?"

"각종 약초, 특히 아름다운 꽃을 피우는 약초를 골라 심고 있다네요. 제가 보기에는 약초밭이라기보다 차라리 꽃밭이라는 것이 어울릴 것 같아요. 농장 이름이 '불로원'이래나. 사람이 늙지 않게 하는 약초를 기른대요. 의정부에 있는 어느 대학에서 문학을 가르치는 시인인데 꽃을 좋아해서 아담한 농장을 손수 가꾸고 있지요. 저하고 취미가 비슷해서 서로 자주 꽃과 예술에 관한 이야기를 주고받는 절친입니다."

"불로장생원이 아니구요?"

"늙기는 싫지만 오래 살기에는 연연하지 않는대요. 그 친구는 그리스신화에 나오는 새벽의 여신 에오스와 트로이 왕자 티토누스와의 사랑 이야기를 자주 들먹이지요. 에오스는 티토누스를 무척 사랑해서 오래오래 함께 살고 싶었지요. 그래서 그녀는 생명을 관장하는 제우스에게 연인 티토누스를 오래 살게 해달라고 애원했지만, 늙지 않게 해달라는 말을 깜빡했대요. 에오스의 돌이킬 수 없는 실수로, 티토누스는 영원히 살 수는 있지만 계속

늙어가는 재앙을 피할 수 없어 죽음을 구걸하기에 이르렀다고 합니다. 에오스는 늙은 티토누스를 불쌍하게 여겨 매미로 만들어 주었다고 합니다. 얼마나 오래 사느냐보다는 얼마나 젊고 건강히 게 사느냐가 더 중요하지요."

"저는 요즘 부쩍 그동안 젊은 시간을 너무 허비했다는 생각이 들어요."

창밖 점차 잦아지는 눈발을 초점 없는 시선으로 바라보는 여인의 힘없는 목소리에 슬픔의 옅은 안개가 드리워 있다.

"그림을 그리시잖아요. 예술가는 숨 거두는 날까지 뭔가 생산적인 일을 할 수 있다는 것만으로도 큰 축복이지요. 저는 작곡을 하는데요. 그렇게 인정을 받고 있지는 못해도 예술을 한다는 그 자체에 행복을 느끼려고 애쓰고 있습니다."

"포도주가 노화를 방지해준다고 하네요. 아마 포도주도 불로식품으로 분류될 수 있을 거예요. 저도 추위를 이길 겸 한잔 마시고 싶어요."

여인은 멍하던 자세에서 갑자기 제정신을 차린 듯, 창가 피아노 위에 마시던 커피잔을 올려놓고, 빠른 걸음으로 냉장고를 열고 포도주와 이것저것 마른안주를 내놓는다.

"감사합니다. 힌두 진의 포도주는 건강을 위해 좋다고 하니……. 그런데 아직 그쪽……. 뭐라고 불러야지요? 화가님? 저는 소형남입니다. 별로 이름도 없는 작곡가."

"저는 성해, 구성해라고 합니다."

"구화백……. 아니 옛날에는 화백이었으나 지금은 아니라는 뜻이 되나……. 성해 화백이라고 부르지요. 성해 화백은 아직 늙음을 이야기할 나이가 아닌 듯싶네요. 물론 저도 아직은 늙는다는 생각은 해본 적이 없는 것 같구요."

"화백은 무슨……. 저는 제 자신을 환쟁이라고 해요. 나이는……. 글쎄 저도 제 나이는 잘 모르고, 선생님은 언뜻 보면 제 오빠뻘이 되는 것 같은데요, 그렇지 않은가요?"

"글쎄요, 저도 제 나이를 모른다고 해두지요."

성해는 아직도 노란색이 선명한 고색창연한 축음기에 LP판을 올려놓는다. 베토벤의「운명 교향곡」이 거실을 가득 채운다.

"「운명 교향곡」은 어둠과 고난을 헤치고 광명과 환희로 나가려는 베토벤의 의지를 읽을 수 있어서 좋습니다. 평민이었던 베토벤과 귀족이었던 요제피네의 사랑이 이루어지지 못했지만, 베토벤이 언제든 둘의 사랑이 이루어지기를 바라는 희망을 담아낸 곡이라고 생각됩니다."

"간절한 사랑은 이승에서 이루어지지 못하면 저승에서라도 꼭 이루어질 것 같아요."

창밖 호수 면에 스러지는 눈을 보며 나지막하게 성해는 중얼거린다.「운명 교향곡」이 끝날 때까지, 한참을 둘은 창밖의 호수에 내리는 눈을 바라보고 있다.

정적을 깨며 경쾌한 노래가 형남의 휴대폰에서 울린다. 형남은 주섬주섬 코트를 챙겨 들고 아쉬운 작별을 하고 문을 나선다. 친구가 집에 돌아와 찾는 것이었다. 친구 집까지는 걸어서 10분 정도의 거리다.

"작곡가 선생님, 친구 집에 올 때는 미리 연락을 주세요. 우리 1층 카페에서 음악 이야기를 듣고 싶어요. 친구분과 함께 제가 없을 때도 자주 찾아 주세요. 카페는 제 친구가 경영하니까, 찻값은 언제나 제 앞으로 달아 두시구요. 맥주와 양주도 말만 잘하면 마실 수 있답니다. 카페에는 피아노와 작은 무대가 있으니 피아노 연주도 하시고……. 작곡하시면 피아노 치시겠네요? 그 친구는 피아노를 전공했거든요."

"네. 그러지요. 앞으로 산정호수에 자주 나타나야겠네요. 특히 화가 선생님께서 계실 때는 만사 제쳐 놓고 오도록 노력해 볼게요."

형남을 배웅하고 3층으로 올라온 성해는 형남이 사라진 오솔길을 바라보고 상념에 잠긴다. 눈은 그쳤으나 음산한 저녁 안개가 서서히 오솔길을 덮어가고 있다. 유리창을 손으로 닦는다. 사라져가는 것들에 대한 예의를 갖추고 싶은 것이다.

"내가 이 세상에서 떠날 때 누가 배웅해 줄 수 있을까. 아무것도 이 세상에 남기고 가는 것이 없으니 홀가분할 것 같기도 한데……. 그런데 허전한 마음은 어쩐 일인지……. 지금까지 살아온 삶의 궤적에는 아무것도 얹혀 있지 않은 것 같구나. 하기야 이 세상 모든 것들이 삶의 무대에서 사라지면 잊히기 마련이지. 무언가 남긴들 그게 나하고 무슨 상관이야."

나이가 50을 넘어서니 이 세상에 와서 해놓은 일은 아무것도 없는 것 같아 요즘 버릇처럼 삶의 의미가 무엇인지 자문자답하곤 한다. 그림도 변변한 것을 그린 것 같지 않다. 게을러서 개인전다운 개인전도 몇 번 열지 못했다. 날씨가 흐리면 우울한 마음이 엄습하여 무작정 호숫가로 이젤을 들고 나가 그림을 그리지만, 마음이 화폭에 집중되지 않는다.

하나밖에 없는 아들도 이제 대학생이 되어 간섭을 싫어한다. 남편은 아내에 대한 사랑도 사업 다음인 것 같아 서운할 때가 적지 않지만, 편리한 옷처럼 여겨졌다. 아들에게도, 성해에게도 싹싹하고 무엇을 부탁하면 거절하지 않고 다 들어준다.

남편과 20여 년을 살아오면서 흠을 잡는다거나 불만을 갖는 경우가 거의 없었고, 있었다 하더라도 금방 풀렸는데, 요즘은 모든 것이 짜증스럽다. 고치를 벗어난 나비가 되고 싶은 생각이 굴뚝같다. 사실 결혼 전에는 가정형편이 어려워 알바도 열심히 뛰었으나 부자 남편을 만나서는 그동안 놀지 못한 시간에 대한 보상이라도 받아야 하는 것처럼 아주 게으름뱅이가 다 되었다. 조금이라도 힘이 들거나 귀찮은 것은 돌아보지도 않는다.

요즘 부쩍 생의 남은 시간을 자신을 위해 살아야겠는데 출구가 보이지 않는다. 아니 출구는 보이나 나갈 용기가 없는지도 모른다. 최근에는 서울에서 멀리 떨어진 산정호수에 있는 별장을 자주 찾는다. 그림을 그리기도 하고 음악 감상을 하면서 호수를 멍하니 바라보는 것이 습관이 되었다. 성격이 내성적이어서 서울에서도 별로 친구들과 어울리지도 않는 방안퉁수다. 요즘 부쩍 자신이 잉여인간 같다는 자괴감을 버리지 못하고 있다. 눈을 뜨면 음악을 틀어놓고 침대에서 뒹굴다 지겨우면, 호숫가를 산책하기도 하고 그림을 그리기도 하면서 소일하고 있다. 집안일을 도

맡아 주는 입주 가사도우미가 서울 본가에 있고, 별장은 가까이 살고 있는 별장관리인 노부부가 보살펴 주고 있는 데다가, 좀 더 사적인 일은 친구인 자은이 맡아서 해준다. 자은은 1층 카페에 맞닿은 아담한 방에서 혼자 살고 있고, 성해 가족이 없을 때는 2, 3층도 자유롭게 출입하면서 잘 정리해 주고 있다.

*

 초여름 장마 사이 깜짝 쾌청한 어느 날, 사전 예고 없이 형남이 성해 별장을 찾았다. 물기를 머금은 정원이 깔끔하게 정돈되어 있고 여기저기 돌로 만들어진 확독에는 수련 꽃들이 화창하게 웃고 있었다.
 "어서 오세요. 혼자 오셨어요?"
 "네, 혹시 이 집 주인마님은?"
 "서울 본가에 갔어요. 성해와 아는 사이?"
 "아, 카페 주인이신가요? 성해 화백에게 들었어요. 지난번 자은씨가 안 계실 때 말씀하시더군요. 자은씨 맞지요?"
 "네, 제 이름도 기억하시고……. 혹시 제가 없을 때 성해가 제흉을 본 건 아니지요?"
 만면에 웃음을 가득 담고 앞서서 카페로 인도한다. 청색 블라우스 속으로 야리야리하게 비치는 하얀색 브래지어가 참으로 매력적이다. 노란색 긴 치마도 하늘하늘 바람에 살랑인다.
 성해의 고향 친구인 자은은 대학 때 피아노를 전공했으나 졸업 후에 피아노를 접고 생활전선에 나섰던 과부다. 자식도 없고 남편은 결혼 초기에 교통사고로 죽었다. 청혼이 여러 곳에서 들어왔으나 거절하고 혼자 산다. 죽은 남편과의 추억이 너무 좋은 기억으로 남아 있어 더 이상 아름다운 사랑은 기대할 수 없다고 믿고 있기 때문이다. 자은은 성해의 별장을 관리하는 대신 카페를 운영하고 있다. 별장 관리라 해 봤자 손수 관리한다기보다 관리인 부부를 거든다고 할까. 카페 운영 수익은 자은 몫이다. 집세도 없고, 모든 공과금도 성해가 부담한다.

"성해 화백은 언제 오시나요?"

"모르지요. 바람처럼 왔다가 바람처럼 사라지는 바람 같은 화가님이셔서."

"아무 때나 와도 된다고……. 본인이 없으면 카페에서 차도 마시고, 무엇보다 피아노 전공하신 자은씨가 있으니 좋은 음악친구가 될 거라 해서요. 요즘 새로 작곡한 곡이 마음에 들지 않아 누군가의 의견을 듣고 싶어서……. 사실 오늘은 자은씨를 만나러 왔지요."

"서울에서 저를 만나기 위해 오셨단 말씀인가요? 지난번에 성해에게 말씀 들었어요. 생명의 은인이 오면 무조건 원하시는 것을 다 대접해 드리라고요. 자기가 돈은 내겠다고……. 제게는 VIP 손님이네요. 매출 좀 많이 올려 주세요."

자은은 처음 보는 사이인데도 스스럼없이 웃으며 맞아준다.

"친구 농장에도 들를 겸 해서요. 아니 요즘 제가 매너리즘에 빠져 작곡하는 곡이 제 마음에 들지 않아 누군가와 이야기하고 싶었는데 자은씨 생각이 나서……."

"좋아요. 제가 별 실력은 없지만, 노래는 다 좋아합니다. 여기 앉으세요."

카페 구석에 있는 하얀색 피아노 옆으로 가서, 긴 의자를 피아노 밑에서 끌어내 한쪽에 앉으며 형남이 앉기를 권한다. 마침 평일 오전이라 손님이 없다. 작곡 중이어서 여기저기 메모가 적혀있는 악보를 피아노 위에 얹으면서 자은 옆에 앉는다. 자은이 반주를 하면서 나지막하게 노래를 부른다. 형남 친구의 시에 곡을 붙인 것이다.

점심때쯤 성해가 서울에서 돌아왔다. 1층 카페 앞을 지나다 들리는 피아노 소리에 카페 문을 열고 들어섰다. 형남과 자은은 성해가 돌아온 줄도 모르고 서로 웃으며 피아노 앞에서 정답게 이야기를 나누고 있다. 악보를 보며 무슨 이야기를 하더니 서로 동시에 얼굴을 마주 보게 되었다. 너무 서로의 얼굴이 가까워 자은이 어색해하자 형남이 가볍게 뺨에 뽀뽀를 한다.

"잉꼬부부 같아요."

갑자기 들려오는 성해의 이상하리만치 큰 목소리에 자은과 형남은 깜짝 놀라며 뒤를 돌아보았다.

"응, 어서 와. 작곡가님이 작곡 중인 노래를 가져와서 어떤 부분을 어떻게 수정했으면 좋은지 이야기를 나누고 있었어. 이리 와서 너도 의견을 말해봐."

"나는 작곡가 하고 입 맞추기 싫은데……."

"얘는 참. 무슨 입을 맞추었다고……."

"서로 정답게 말을 주고받았잖아. 그런 것을 서로 입을 맞추었다고 하지 않니? 혹시 너 불순한 생각한 것 아냐? 호 호."

잘못을 들킨 것처럼 어색해하던 형남도 크게 웃고는, 셋이 악보를 보면서 이런저런 이야기를 나누다가 친구와 약속이 있다고 서둘러 일어섰다.

*

장미꽃이 별장 울타리에 온통 불을 지르고 있던 어느 날이었다. 형남과 형남 친구인 시인을 비롯하여 성해, 자은, 그리고 남녀 네 명의 중창단이 모여 음악과 시가 어우러진 작은 파티를 마련했다. 형남이 서울에 있는 예술의 전당에서 자선음악회를 갖는데 리허설인 셈이다. 예술의 전당 무대 뒤에 스크린을 내리고 거기에 성해의 그림을 프로젝트로 비치기로 했다. 말하자면 성해의 미술, 시인의 시, 작곡가의 곡, 피아노 연주가 어우러진 콘서트인 셈이다.

카페에서 연주가 끝나고 3층에 모여 녹화한 것을 보면서 개선해야 할 점에 대한 의견을 교환했다. 마침 합평회가 끝날 즈음에 성해의 남편이 도착했다. 서로들 인사를 나눈 후 헤어졌다. 그러나 반주를 맡은 자은과 작곡가 형남은 뭔가 더 이야기할 것이 남아 있는 것 같아 머뭇거렸다.

"자은씨, 호숫가로 가서 콘서트에 대해 좀 더 의견을 나누지요."

"그래요, 아무래도 오랜만에 무대에 서는 것이라 설레기도 하고 겁도 나고 그러네요."

마땅히 콘서트에 대해 더 해야 할 이야기는 남아 있지는 않았지만 헤어지기가 섭섭했다. 성해가 있을 때나 없을 때나, 형남은 작곡 중인 곡을 들고 와서 자은의 의견을 구한다는 빌미로 서로 자주 만나 왔다. 둘이 호숫가를 걸으며 정답게 음악에 관한 이야기를 하고 있는 것을 3층 창가에서 바라본 성해의 가슴에 질투의 불씨가 다시 살아났다.

*

호숫가의 나무들이 오색 옷으로 갈아입기 시작하는 요즘 성해는 부쩍 짜증이 늘었다. 3층 방에서 혹은 호숫가에서 그리던 그림을 뭉개버리곤 한다. 10호쯤 되는 그림에는 빨간 뱀 한 마리와 파란 뱀 두 마리가 불 속에서 춤을 추고 있다. 벌써 이 그림을 네 번이나 그렸다 뭉개버렸다.

요즘 성해는 남편과 형남 사이에서 고민이 깊다. 특히 자은과 형남이 가까워지고 있는 것을 참을 수 없다. 불륜에 대한 변명을 여러 가지로 궁리하는데 하루를 다 보내기도 한다. 육체적인 관계는 비록 없었지만 형남을 생각하는 시간이 많아지면 많아질수록 남편에 대한 미안함은 어쩔 수 없다. 성해가 옛날에는 입에 거품을 물고 비난했던 다윗과 밧세바의 사랑도 이해가 되고, 달리와 갈라의 사랑도 이해가 된다. 성해와 형남과의 사랑, 자은과 형남과의 사랑을 저울질하며 별별 공상으로 하루가 간다.

　남편은 다른 여자에게는 관심이 없고 오직 사업에만 몰두하면서 아내를 사랑하는데, 아내는 그 사랑이 미지근한 사랑이라고 투덜대면서도 만족하며 살아왔다. 형남과 만남으로 가슴속에 잠재되었던 화산이 폭발한 것이다. 사실 성해는 사랑에도 별 관심이 없었다. 아니 그럴 필요도 느끼지 않았다. 그런데 형남이 등장하고 형남이 자은과 가까워지는 것을 알고부터 부쩍 형남에게 집착한다. 지금까지 무엇엔가 집착해 본 적이 없다. 특히 부잣집 아들과 결혼한 후부터는 더욱 그렇다.

　요즘은 습관처럼 베토벤「운명 교향곡」을 항상 틀어놓고 그림을 그린다. 특히 불 속에 춤을 추는 세 마리의 뱀만 여러 번 그렸다 지우기를 반복한다. 남편이 출근한 후에 형남을 생각하며, 혼자 자위행위도 한다. 배 위에 있는 남편과 한창 열중할 때 엉겁결에 형남의 이름을 웅얼거려 당황하기도 한다.

　남편은 부잣집 외아들로 성해가 대학 다닐 때 장학금을 알선해 주었다. 시아버지가 운영하는 회사에서 장학재단을 설립하여 가정 형편이 어려운 학생에게 장학금을 주고 있었다. 남편은 어린 나이에도 이사장으로 있었고, 장학금 수여식에서 인연이 되어 지금의 남편을 만났다. 큰 굴곡 없이 20년 넘게 남편과 살고 있다. 그런데 형남이 등장한 것이다.

　성해는 대학에서 미술을 전공했으나 특별히 그리기에 연연하지 않았다. 결혼 후 편안한 삶에 젖어 게으른 화가가 되었다. 이제는 화가의 대열에 합류할 자신도 없다. 개인전도 언제 가졌었는지 기억이 희미할 정도다. 새로운 변화가 두렵다.

 며칠 전 산정호수 부근 산호식당에서 있었던 일로 성해는 많이 속상했다. 남편이 미국으로 출장을 떠나고 첫눈이 내리던 날 성해와 형남이 식사를 함께한 적이 있었다. 성해가 자기 생일파티를 멋있게 장식해 준 감사의 표시로 저녁을 대접한다는 핑계로 함께 저녁을 먹게 된 것이다.
 "제 생일파티를 이번처럼 성대하게 한 것은 처음이네요. 남편이 사업에 바쁘다 보니 서로의 생일 때 가족들과 간단한 식사가 전부였었는데, 감사합니다."
 "성해씨, 덕분에 미술과 음악이 어우러진 '작은 예술의 밤'이 멋있었어요."
 얼마 전 성해의 별장에서, 적지 않은 손님들을 초청하여 저녁식사를 하면서, 형남이 작곡한 곡들을 연주하는 음악회가 열렸다. 성해의 생일파티였다. 성해 남편과 아들, 형남과 그 동네에서 농장을 하는 형남친구, 자은과 성해 친구들 몇몇이 참석했다. 음악은 사랑을 주제로 한 가곡들이었다. 형남은 신화에 나오는 사랑을 주제로 한 가곡에 흥미를 느끼고 있었다. 가사는 친구 시인이 써줬다. 카페 벽에는 그동안 성해가 그린 소품들도 전시되어 있었다. 피아노 반주는 자은이 맡았었다.

 성해와 형남은 식사가 끝나고 둘이 처음 만났던 산정호숫가를 걸었다. 성해가 먼저 형남에게 팔짱을 끼며 한껏 들떠 있었다.

첫눈이 내리고 있었지만, 어둑어둑했고 산책하는 사람도 보이지 않았다.

"사람이 태어나서 화끈한 사랑, 아슬아슬한 사랑, 한 번쯤은 해보지 않으면 후회할 것 같아요. 나도 잔잔한 호수 같은 사랑에서 벗어나 격랑에 몸을 던지고 싶다는 생각이 요즘 자주 나요. 작곡가님은 어떠세요?"

"예술가에게 그런 사랑은 좋은 작품을 위한 동력이 될 수도 있겠지요. 그러나 평지풍파 없는 사랑이 더 귀중하지 않을까요? 언젠가 『기독교신문』에 게재된 '신앙상담'란에서 읽은 적이 있어요. 큰 교회 목사님 딸로 태어나서 평탄한 삶을 살다가 유능한 목사의 아내가 된 사모의 고백인데요. 자신은 화끈한 성령의 체험, 말하자면 남들이 말하는 극적인 신앙생활, 큰 병에서 기도로 치료를 받았다거나, 큰 어려움 중에 기도했더니 해결되었다는 식의 강렬한 체험이 자기에게는 없어서 자기에게 정말 믿음이 없는 것이 아닌가 하는 의문이 든다는 질문에, 어떤 목사님이 답했더군요. 아무 어려움이 없는 평탄한 삶, 그 자체가 축복이라고. 저도 동의해요. 꼭 무슨 피카소같이 다양한 여자와 사랑을 나누는 것이 행복이 아니라, 호안 미로처럼 한평생 한 여자만을 사랑하며 사는 것이 더 행복한 것이라고 생각합니다."

"그럴 것도 같은데, 요즘 저는 왜 자꾸 흔들리나 모르겠어요. 남편과 작곡가님 사이에서 방황하고 있어요. 둘 다 놓치기는 싫으면서도 둘 다 가질 수도 없는 것이 안타까워요."

성해의 말이 예전과 다르게 많이 용감해졌다. 성해는 길가 의자로 형남을 앉히더니 고개를 들어 형남 눈을 한참 바라보다가 입술을 가져다 댄다. 형남은 그녀의 키스를 그저 묵묵히 받아준다. 형남은 날씨만큼이나 마음이 쌀쌀해지는 이유를 알 수 없다. 성해도 무안해서인지 아무 말 없이 내리는 눈을 손으로 받아내고 있다.

"저희 집에 잠시 들러 한잔하시지 않을래요? 아주 좋은 포도주가 있어요."

"감사합니다. 그런데 어쩐지 오늘은 여러 가지가 혼란스러워 집에 가서 좀 정신을 추슬러야겠네요."

"제가 오랜만에 부탁하는 것을 거절하시다니……."

"앞으로도 자주 만날 기회가 있잖아요."

성해는 자기만 안달하고 있는 것 같아 자존심이 상해, 작별 인사를 하는 둥 마는 둥 집에 들어서자마자 습관처럼 음악을 튼다.

베토벤의 「운명 교향곡」이 들려오면 형남의 우수에 찬 모습, 첫 만남 때 별장 창가에서 산정호수를 바라볼 때의 모습이 떠오른다.

요즘은 이젤을 펼치고 그림을 그리려고 해도 화판에 형남 모습이 아른거린다. 꿈속에서 보았던 뱀 세 마리에 대한 그림을 그리고 있다. 형남과 첫 번째 만남이 있었던 날 꿈속에서 빨간 뱀 한 마리와 파란 뱀 두 마리가 불 속에서 춤을 추는 장면을 보았다. 그것을 그림으로 그리고 있다.

*

  봄이 찾아오자 부쩍 성해는 불면증과 이상한 환상에 시달리고 있다. 잠깐 잠이 들라치면 형남과 자은이 서로 시시덕거리며 성해를 비웃기라도 하는 듯 서로 안고 키스를 하는 것이다. 어느 날 밤에는 자은과 형남이 무아지경으로 성관계를 하고 있는 꿈을 꾸기도 했다. 마치 두 마리의 뱀들이 서로 몸을 엉켜 성관계하는 것처럼. 자신은 두 남녀가 성행위를 하는 그 옆에서 구경하며 자위행위를 하다가 꿈에서 깼다. 어떤 날 밤에는 형남을 사이에 두고 성해와 자은이 발가벗고 서로 경쟁하듯 교대로 성관계를 하는 꿈에 시달리다 깨기도 했다.

  비몽사몽의 밤이 계속되자 성해는 점차 야위어 갔다. 3층 방에서 뒹굴며 하루를 보내는 때도 늘었다. 무력감이 성해를 지배하고 있다. 몸을 좀 추스르나 싶다가도 세 마리의 뱀이 성관계하는 꿈에 시달려 깨고 나면 온몸이 땀범벅이 되곤 했다.

  어느 날 밤 성해는 비몽사몽 간에 거실에 불을 질렀다. 뱀들과 함께 불 속에서 춤을 추는 꿈을 현실로 착각한 것이다. 방에 켜져 있던 촛대에 있는 촛불을 들고 춤을 추다 불이 커튼에 옮겨붙은 것이다. 불 속에서 정신없이 춤을 추었다. 말할 수 없는 환희를 느꼈다.

따뜻한 달빛

겨울의 손길이 자주 창밖 나뭇가지를 흔들어 대고 있는 가을이다. 수하는 오늘 경인미술관에서 있을 첫 개인전에 대한 설렘으로 잠을 설쳐, 아점을 먹는 둥 마는 둥 하고는 샤워를 한다. 갑자기 정신이 아득하더니 벽에 걸린 거울이 흔들리며 빨간 해당화 한 송이가 크게 다가온다. 그녀는 그 거울 속으로 빨려 들어가 꽃술 위에 앉는다. 암술과 수술이 짙은 향내로 천지를 진동케 하더니 수하의 벌거벗은 몸을 휘감아 소용돌이 속으로 끌어들인다. 장미화원에 던져져 두리번거리자 준서 얼굴이 하얀 해당화와 겹쳐 그녀를 빤히 쳐다보고 웃고 있다. 다가가 입술을 가까이 대려는 순간 꿈에서 깨어난다. 아쉽다.

몸을 닦고 화장대 앞에서 머리를 말린다. 사십 대 중반의 몸매가 거울 속에 환하다. 머리에는 새치가 언뜻언뜻 보인다. 갑자기 가슴이 덜컹 내려앉는다. 그녀는 거울에 있는 자신을 똑바로 바라보고 낮은 목소리로 말을 건다.

"세월이 결국 내 머리에 발자국을 찍고 가는구나. 가야 할 길과 달려온 길의 길이가 같을까. 아니면 앞으로 가야 할 길이 짧을까. 점점 남은 길의 길이가 짧아지겠지. 내가 가야 할 길이 뭐지? 사랑? 예술?"

눈을 감는다. 지금까지 살아오면서 일기장에 무엇이 쓰여 있을까. 아무리 애를 써도 한 페이지도 다 채우지 못할 이야기밖에 생각나지 않을 것 같다. 사랑도 온몸과 온 마음을 불태웠던, 말하자면 자신의 대표작이 없다는 생각이 들자 갑자기 마음이 우울해진다. 그렇다면 그림은? 자신 있게 내세울 만한 그림도 없다. 그동안 먹고 살기에 걱정이 없다 보니, 그저 나른한 삶에 젖어 있었구나 하는 자괴감에, 무엇인가 서둘러야겠다는 생각에 다급해진다.

"사랑도 그림도 나의 대표작을 갖기 위해 남은 시간을 흠뻑 바쳐야겠어. 오늘이 그 출발점이 되어야 해. 누가 사랑과 예술에 대해 뭐라고 말하든, 그것은 그 사람의 사랑론이고 예술론일 뿐, 내 것은 아니야. 그럼 내 것은 어떤 것이어야 하지?"

가슴에 손을 올려본다. 부드러운 젖가슴이 몽골몽골 만져진다. 신열이 돋으며 준서 얼굴이 웃으며 다가온다. 남편이 무어라고 큰 소리로 말을 한 모양인데 수하의 반응이 없자 문을 벌컥 열고 화를 낸다. 어제 외국 출장에서 돌아와서 실컷 늘어지게 자고서는 느지막하게 밥을 챙겨달라는 투정이다.

"저 화상이 왜 내 꿈을 깨우나."

투덜거리며 대강 옷을 추스르고 식당으로 간다. 조금 전에 자신이 먹던 식탁을 주섬주섬 치우고 새로 밥을 챙겨 놓는다.

"왜 날마다 식사 때는 꼬박꼬박 다가오고, 남편의 투정은 밥맛없는 식단의 반찬처럼 시들시들할까. 밥 대신 약 한 알만 먹으면 되고, 남편은 필요할 때만, 말하자면 돈이 필요할 때나 나타나면 안 되나?"

제법 잘나가는 중견 기업을 경영하고 있는 남편은 밥을 먹으면서 누구와 전화에 열을 올리더니 먹는 둥 마는 둥 챙겨주는 넥타이를 들고는 급하게 나가버린다. 수하는 다시 거울 앞에 앉아 식은 밥을 데우듯 다시 꿈을 되살려 보려고 안간힘을 쓴다.

"아직 몸매는 쓸 만한데, 얼굴에 팔자 주름이 나이테를 만들기 시작하네. 삼 년 동안 너무 그림에만 몰두해서 그런가? 준서 쌤 때문인가? 나쁜 사람. 하기야 그에 대한 타는 갈증이 없었다면 내가 이 많은 그림을 그릴 수 없었지. 오늘은 마침표를 찍고 싶어. 아주 커다란 마침표. 아니야 오늘에서야 비로소 새로운 이야기를 쓰기 시작해야 해. 한여름 폭풍 속의 타는 격정을 넘어 잔잔한 가을 국화 향기 같은 사랑을……. 그런데 누가 오늘 전시되는 내 그림 속에 숨어 있는 나의 빨갛고, 노랗고, 파란 사랑 이야기를 읽을 수 있을까 모르겠네. 준서 쌤은 꼭 눈치를 채야 할 텐데……."

수하는 옷을 갈아입기 위해 걸쳤던 옷을 벗으면서, 이삼일 동안 이 궁리 저 궁리하며 계획한, 오늘 저녁 일을 상상하면서 알몸 이곳저곳을 살펴본다. 가슴이 두근거리고 몸이 주책없이 달아오른다. 사랑이 절정에 이르렀을 때 그린 그림이 나의 대표작이 될 것 같다는 생각이 마음 가에 맴돈다. 가장 멋있는 그림을 그리기 위해 가장 황홀한 사랑을 해야 할 것 같다. 오늘의 개인전이 그 시작이 될 수 있겠지 하는 기대감에 하늘에 붕붕 떠다니는 느낌이다.

오늘부터 시작되는 개인전을 위한 모든 그림은 어제 경인미술관으로 보내버렸기 때문에 홀가분하게 준서 생각을 이리저리 맞추며 머릿속으로 이야기를 써 보고 있다. 그동안 준서와 함께 찾아다녔던 미술 전시회가 슬라이드 필름처럼 딸깍딸깍 머릿속을 지나간다.

지난달 저녁 사건이 문득 떠오른다. 남편도 해외 출장을 가서 없고, 학교에서도 동료들과 말다툼이 있어 유난히 마음이 외로웠었다. 전시회에 갈 때는 항상 준서가 운전하는 차를 타고 다녔는데, 그날도 귀가하는 준서의 차 속에서였다.

"저는 사장님께 어떤 존재인가요?"

준서는 미술 도록과 미술 잡지를 발간하는 작은 회사를 경영하고 있다. 이번 수하의 전시회 도록도 준서가 만들었다. 수하가 다니고 있는 미술대학원 지도교수가 소개해서, 준서를 만나기 시작한 것도 3년이 넘는다. 처음 그의 사무실에서 만났을 때가 기억이 난다. 수하가 보기에는 별로 잘생긴 것도 아니고 털털한 옷차림에 함박웃음을 웃는 모습이 왜 그날 강하게 마음에 꽂혔는지 알 수가 없다. 그때부터 친구들 전시 팸플릿과 도록 인쇄를 소개해 주며 가까워졌다.

"수하씨, 나는 언제나 당신의 기사가 되겠습니다. 항상 수하씨를 모시고 다니는 운전기사도 좋지만, 중세시대에 사랑하는 여인을 지켜 주던 그런 기사 말입니다. 그 약속으로 당신의 손에 키스하게 허락하소서."

"정말요?"

수하는 함박웃음을 웃으며 손을 내밀었다.

"오늘 밤 나를 지켜 주세요. 남편도 출장을 가고 저 혼자 밤을 보내야 하는데 무서워서 문 앞에서 내내 지켜 주세요. 오늘부터 제가 기사로 임명했습니다."

"하하, 정말요? 글쎄 이웃집 사람들이 들락거리다 복도에 서 있는 저를 보고 남편한테 이를 텐데……. 그러면 어쩌지요?"

"큰일나지요. 그럼 어떡한다? 집 안에 들어와서 지켜 주셔야 하나? 그것도 좀 곤란하겠지요? 마음만으로 지켜 주세요. 남편은 의처증이 심해서 혹시 흔적이라도 남으면……."

수하는 그동안 기회가 있을 때마다 함께 밤을 보내자는 신호를 주었건만 눈치가 없는 건지 아니면 일부러 모른 척한 건지, 미꾸라지처럼 빠져나가서, 집에 돌아와서는 원망만 하고 속만 태우던 때가 적지 않았다.

수하는 대강 머리를 말리고 아파트 단지 앞에 있는 단골 미용실로 향한다. 마침 미용실 원장과 손님 두 명밖에 없다. 갓 점심을 끝낸 뒤에 다가오는 나른한 오후가 미용실 안에 가득하다. 진한 검은색 선으로 스케치한 후, 빨간색으로 채운 커다란 장미꽃 세 송이가 벽을 가득 채우고 있다. 한껏 멋을 부렸으나 뭔가 시골스러운 원장이 인사를 건넨다.

"화가님 어서 오세요. 머리가 젖었네요. 감기 들겠어요. 요즘 날씨가 변덕이 심하죠. 샤워하시고 나오시는가 봐요?"

"네, 안녕하셨어요? 오늘 인사동에서 제 첫 개인전을 여는 날이에요. 개막식에 한복을 입고 가야 해서 머리 좀 손질하러 왔어요."

수하 또래의 두 여자가 건너편 거울 앞에서 커피를 마시기보다는 맛을 본다고 하는 것이 차라리 나을 듯, 컵을 만지작거리면서 이야기에 열중하고 있다. 서로 애인 자랑에 열을 올리고 있는 셈이다. 하기야 그 또래에는 자식들 이야기 아니면, 남의 불륜 씹기 혹은 애인 이야기가 주요 메뉴가 아니겠는가. 수하도 귀가 솔깃하다.

"원장님, 두 남자를 똑같이 사랑할 수 있을까요? 아니 똑같다고는 할 수 없을지라도, 여하튼 두 남자를 한마음에 품을 수 있는가 하는……."

수하가 건너편 거울에서 두 여자가 주고받는 이야기를 듣다가, 낮은 목소리로 원장과 거울 속에서 눈을 맞추며 묻는다. 원장도 그 여인들의 이야기에 귀를 기울이다가 수하의 제안이 더 구미가 당기는 듯 정색을 하고 대꾸한다.

"사람 나름이지요. 왜요? 화가님도 남자친구 생기셨어요?"

"아니 뭘……."

수하는 말꼬리를 흐린다.

"어떤 손님은 오른손에 남편, 왼손에 남친, 두 사람이 균형을 잡고 있어야 사는 게 지루하지 않다고 그래요. 남편이 잘 해주면 오른손이 좀 더 무게가 나가고, 남편이 못 해주면 왼손 무게가 더 나간다는 이상한 여자예요. 둘 다 포기할 수 없다나요. 하나를 포기하면 인생에 균형이 잡히지 않아서 항상 팽팽하게 양손의 균형을 잡아야 한대요."

"네에, 그런 사람도 있군요. 내 친구 하나는 오직 일편단심 남편만 쳐다보고 사는데, 아무리 잘난 남자가 유혹해도 끄떡없어요. 누구에게나 서글서글한 편이고 제법 예뻐서 남자들에게 인기도 많거든요."

"글쎄요. 남들에게는 그렇게 보일 수 있겠지만, 속과 겉이 같은 사람은 아무도 없지 않나요? 대부분 중년 여성들은 유혹을 반기는 것 같아요. 다만 용기가 없을 뿐이지요. 아마 그 친구도 마음속에는 갈등이 있었을 거예요. 아니면 남편 하나만 집착하는 편집증 환자이거나."

"요즘은 남편만 좋아하면 정신병자 취급받나 보네요."

"그렇다고는 할 수 없겠지만, 하두 세상 돌아가는 것이 야릇해서……."

수하가 웃으면서도 짐짓 언짢은 말투를 보이자, 원장은 마치 자기주장을 뒷받침이라도 하려는 듯, 요즘 낮에 미장원에 와서 수다를 떠는 여성들의 이야기를 열심히 전한다.

"요 며칠 전 한 젊은 여자는 결혼할 생각은 접고 떳떳하게 룸살롱에 나가는 것을 자랑스럽게 얘기했어요. 강남에 있는 어떤 룸살롱에서는, 화려한 무대에 여성들이 번호표를 가슴에 달고 앉아 한껏 남자를 유혹하는 포즈로 잡담을 나누다가, 유리창 밖에서 남자 손님이, 자기 번호를 찍으면 불려 나가 하룻밤을 즐긴대요. 재수있는 날은 몇백도 손에 쥘 수 있구요. 남자란, 인생이라는 식탁 위에 있는 다양한 반찬과 같다네요."

"에이즈는 걱정도 안 되나요? 그리고 아무리 돈이 좋아도 그렇지."

"다, 예방하는 방법이 있대요. 병도 임신도 걱정 없이 즐길 수 있답니다. 옛날에나 그런 걱정을 했지요. 지금도 멍청한 애들이나 그런 덫에 걸리지, 요즘은 깔끔하게 돈도 벌고 즐길 수도 있고, 뭐 물 위에 배가 지나간들 흔적이 남느냐고 하더군요. 마치 게임을 즐기듯 섹스를 즐기는 것이라고……. 나 같으면 생각도 못 할 일이지요."

"에이 그런 여자들은 아주 소수겠지요. 마음이 없는 섹스를 어떻게……. 갑자기 그리스 로마 유적지 관광을 갔을 때, 가이드가 한 말이 생각이 나네요. 신전에서 여사제들이 예배 드리러 오는 신자들과 성관계를 하는 게 당시의 풍습이었다고 하더군요. 아마 아프로디테 신전에서였을 거예요. 신상 앞에서 여사제와 신자가 섹스하는 게 제사를 지내는 순서의 하나라고……."

"그런 게 있었나요? 하기야 신화를 읽어 보면 문란한 사건들이 너무 많아요. 신화는 우리 인생의 축소판이라는데 옛날이나 지금이나 달라진 게 없어요."

"그래서 그리스와 로마가 망한 거겠지요."

"그런데 요즘 젊은 것들은 우리와 사는 방식이 달라도 너무 달라요. 자, 머리 다 되었어요. 한복을 입으시면 모든 남성의 시선이 그림보다 화가님께 집중되겠네요."

유난히 미모에 신경을 쓰는 고객인지라 원장은 적절한 칭찬을 아끼지 않는다.

"저도 시간 내서 화가님 개인전에 가볼게요. 언제까지죠?"

"인사동 경인미술관에서 일주일간 열려요. 와서 축하해 주시면 감사하구요. 안녕히 계세요."

기대는 하지 않지만, 관심을 보여 주는 원장이 고맙다. 항상 가려운 데를 찾아 긁어 주는 듯한 태도 때문에 이 미장원에 단골로 다닌 지가 오래되었다.

벌써 두 시다. 네 시에 개막식이 있으니 서둘러야 한다. 집에 들어서자마자 어제 백화점에서 사 둔 값비싼 속옷으로 갈아입는다. 지금까지 산 속옷 중에 가장 좋은 것으로 고르고 고른 것이다.

흰색 실크로 된, 브래지어와 팬티에 아름다운 꽃 모양의 분홍 레이스가 장식되어 있다. 충분히 섹시하면서도 품격이 있어 보인다. 정성껏 준비한 한복을 그 위에 입는다. 연한 주홍색 저고리와 짙은 가지색 치마가 짙은 갈색으로 염색한 머리와 잘 어울린다. 광택이 있는 검은 숄을 어깨에 걸친다. 미술관에는 마땅한 주차공간이 없어서 콜택시를 불렀다. 남편은 개막식에 맞추어 직장에서 바로 전시장으로 오기로 했다.

경인미술관에 도착하니 입구에는 큰 화환 두 개가 마치 경비를 서는 듯 당당하게 문 양쪽을 지키고 있다. 하나는 준서의 출판사 명의로 보내온 것이고 다른 하나는 남편 회사에서 보내 준 것이다. 전시할 그림들은 대행업체에 의뢰해서 깔끔하게 걸려있다. 어제 전시장을 미리 점검해 두었기 때문에, 오늘은 특별히 할 일은 없다. 몇몇 낯선 관람객들이 그림 앞에서 환담하고 있다.

네 시가 가까워지자 미술대학원 졸업반 친구들을 비롯한 축하객들이 삼삼오오 꽃바구니를 들고 나타났다. 초면인 하객들도 눈에 띈다.

"안녕하세요. 수하씨?"

"네, 누구시죠."

"저 박강자예요. 첫 번째 개인전을 축하드려요."

"아, 준서 선생님과 친구라는 미술평론가이시군요. 이렇게 병아리 전시회에 와주셔서 영광입니다."

"준서씨가 입이 마르게 칭찬해서 수하씨에 대해 궁금했는데, 역시, 오늘 뵈니 참 아름다우시군요. 그림도 화가를 닮아 아름답네요."

"과찬의 말씀을요. 오늘 제 그림 보시고 부족한 점, 많이 지적해 주세요. 선배님 지도를 받아 더 좋은 그림을 그리도록 노력하겠습니다."

"참 지도교수님이 손형태라고 하셨나요?

"네. 저희 미술대학 신배님이시니까 박선생님 후배 되시겠네요."

"잘 알아요. 같이 평생 미술계에서 일하고 있으니까……. 그림 좀 둘러볼게요. 수하씨는 손님 맞으세요."

"네."

박강자 평론가는 준서이 친구다. 그가 강자에게, 얼마 후면 수하가 첫 개인전을 갖게 되는데 기분파여서 격려를 많이 해주어야 한다고 미리 당부한 바가 있었다. 강자는 본래 그 바닥에서 칭찬을 매우 아끼는 평론가로 정평이 나 있기 때문이었다.

준서가 갓 핀 붉은 장미 꽃다발을 들고 들어선다. 수하는 함박웃음을 지으며 금세 안기기라도 할 듯 다가온다.

"수하씨, 첫 전시회를 축하해요. 야……. 관람자들도 많네요."

"감사합니다. 사장님 덕분에 박강자 평론가도 오셔서 좋은 말씀해 주셨어요."

"그분은 남 칭찬을 잘 하지 않는데……."

준서가 신신당부했지만, 워낙 입이 거칠고 말을 잘 안 듣는 평론가로 정평이 나 있는지라 그녀의 말을 듣고는 안심을 한다. 이때 강자가 멀리서 손짓을 하며 다가온다.

"야, 준서씨, 좋은 화가를 모시고 있네. 혹시 여자 친구?"

"글쎄 친구는 친구지. 수상한 친구가 아니라 진짜 친구……. 우리 출판사에 손님을 많이 소개해 주고 있어서 내가 깍듯이 모시고 있지. 그림은 어때?"

"뭐랄까……. 아직은 정돈되지 않은 면도 있긴 하지만, 요즘 시류에 흔들리지 않고, 나름대로 따뜻한 감성을 풍부하게 담고 있다고 할까. 슬픔을 숨긴 강렬한 사랑을 언뜻언뜻 느끼게 하네."

강자가, 준서 옆에 다소곳이 붙어 서 있는 그녀를 보며 말한다. 수하 얼굴에 웃음이 가득하다.

"잘 봐 주셔서 감사합니다. 앞으로 열심히 좋은 그림으로 보답하겠습니다."

"미술 잡지에 평 좀 잘 써 줘."

"글쎄. 그게 맨입으로 될까?

강자는 그녀를 바라보며 준서에게 웃음으로 대답한다. 마침 수하의 식구들이 크고 작은 꽃다발을 들고 들어선다.
"여보, 언니, 아니 소현이도 왔네."
그녀는 반갑게 가족 일행을 맞는다. 준서는 그녀의 일가친척들과는 만난 적이 없었기 때문에 강자와 함께 그림을 둘러보러 간다. 수하도 남편과 준서가 만나는 것을 어색해해서 서둘러 가족들을 다과가 있는 테이블로 인도한다.

네 시가 되자 첼로 연주가 시작되면서 손님들이 테이블 주위로 모여든다. 수하의 미술대학원 친구 사회로, 대학원 지도교수인 손형태와 미술평론가 박강자가 간단한 축사를 하고, 수하의 감사 인사와 준서의 건배 제의로 개막식은 끝이 난다. 축하객들이 삼삼오오 그림 앞에서 담소를 나누며 사진을 찍기도 한다. 그림에는 취미가 없지만, 축하해 주기 위해 온 사람들은 다과가 있는 테이블 주위에서 안부를 나누고 있다.
수하가 준서와 강자에게 그림 하나하나에 대해, 자기가 그림을 그리게 된 의도를 설명하고, 강자의 의견에 귀를 기울이고 있다.
"저는 희망을 나눠주는 그림을 그리고 싶어요."
언뜻 보기에 그녀의 그림은 특별하거나 완숙한 점은 없지만, 밝은 기분을 발산하는 색깔들이 보는 사람들을 편하게 해준다.
"'따뜻한 달빛'이라는 주제 설정과 그림이 잘 조화를 이루고 있네요. 그리고 전시설명도 일품이고……. 누구 도움을 받았어요?"
"준서 선생님께서 무척 많은 신경을 써 주셨어요."

"무엇보다 색감과 붓 터치 하나하나가 부드러우면서도 힘을 느끼게 하네요. 보름달 밤에 따뜻함을 느낀다……. 사실 낮에 비해 밤은 차가운 이미지이지만 뭔가 신비로운 감성이 꿈틀거리는 때이기도 하지요. 보름달은 밝은 이상향의 이미지이지만, 한편으로는 기울기 시작하는 출발점이 되기도 하구요. 똑같은 형상이라도 어떤 시각으로 보느냐에 따라 해석이 달라지지요. 모든 현상은 슬픔과 기쁨, 선과 악, 미와 추, 양면을 가지고 있어요. 우리는 현상의 참모습을 볼 수가 없기 때문일 거예요. 우리가 보는 모든 것은 착시현상으로 인해 보는 사람의 입맛에 맞게 굴절되기 마련이지요. 우리 무의식이 만들어내는 착시, 관행이라는 착시, 사회를 지배하는 제도와 윤리관이 만들어내는 착시, 다양해요. 어쩌면 이 세상은 착시현상이 지배하고 있다고 볼 수 있지요. 마술이 바로 이런 착시현상을 이용한 것이랍니다. 세잔은 그런 착시현상을 걷어내고 현상의 본래 모습을 그리려고 애쓴 사람이지요. 사실 철학자나 예술가 모두 현상 뒤에 있는 본질을 찾아내려고 한평생을 바치는지도 모르지요."

"인상파 화가들은 순간순간 보이는 것들을 그대로 캔버스에 옮기려고 하는 사람이잖아."

"그렇지. 어차피 본질을 찾을 수 없다면 순간순간 변하는 현상을 화폭에 담으려는 것도 의미 있는 일일지도 모르지. 더구나 21세기에는 모든 것이 예술이 될 수도 있고, 모든 것이 예술이 안 될 수도 있거든. 사실 어떤 삶이 가치 있는 것인지도 단정할 수 없는 혼란스러운 세대야."

"우리의 평범한 삶은 그래도 도덕 규범과 사회 규범이라는 기준이 있으니까."

"그 기준조차도 올바른 것인지, 어떤 것이 가장 멋있는 삶인지 확실한 답변은 아무도 할 수 없잖아? '지금-여기'에서는 예술 작품의 가치와 우열을 말할 수 없어. 오랜 시간이 흐른 후에야 판정이 나겠지. 시간의 테스트만이 명작을 가릴 수 있는 지표가 아닐까 싶어. 그저 누구나 내가 본 것을 내가 아는 대로 이야기할 수밖에 없는 거야. 미술비평도 평가가 아니라, 평론가가 자기 의견을 말하는 그것으로 받아들이면 되는 거지. 평론가가 무어라 하든 예술가는 자기 길을 가면 되는 거구. 내가 아서 단토의 『예술의 종말 이후』를 읽고 얻은 내 나름의 결론이야."

"그럼 이제 예술가가 남의 눈치를 보지 않고 마음껏 작품을 내놓을 수 있는 시대가 되었네요. 예술가에게는 복음이네요. 더구나 저 같은 신출내기에게는……."

"그렇군요. 마음 가는 대로 그려보세요. 눈치 볼 필요도 없이. 예술뿐만 아니라 삶의 모든 것들에 대해 이제 잘잘못을 말할 수 없어요. 자기 하고 싶은 대로 살아도 되는 세상이 아닐까 싶어요."

"민주주의에서두 어떤 행동이 올바른 것인지 정답은 없지. 사람 사는 세상에서 절대적 기준은 없는 거야. 얼마나 많은 사람이 어떻게 생각하고 있는지 그저 여론조사 결과에 선과 악, 진실과 거짓이 판명이 나는 시대야. 무슨 골치 아픈 일이 생기면 국민의 뜻에 따라 어쩌고저쩌고하지만, 그 국민이라는 실체가 불분명해요. 어떤 사람은 자기 가족만 국민으로 보는 것 같아. 억지를 쓰면서, 국민의 뜻에 따라 그렇게 한다는 것을 보면."

"보름달 이야기하다가 엉뚱한 곳으로 튀었네. 보름달도 양면을 가지고 있지요. 그리고 어느 것이 본질인지는 아무도 몰라요. 보는 사람에 따라 기쁨일 수도 있고 슬픔일 수도 있고."

"보름달이 기쁨과 슬픔을 공유하고 있다고 볼 수 있겠네."

"그런 셈이지. 수하씨 그림에는 사랑과 열정이 녹아 있는 것처럼 제게 느껴져요. 그런데 그 사랑은 어쩐지 좀 슬픔을 가지고 있는 듯해요. 내가 왜 그렇게 느껴지죠? 수하씨, 설명해 줄 수 있나요?"

"글쎄요. 어떤 사람을 사랑하고 있는데, 그 사람에 대한 사랑이 깊어질수록 그림에 더 열정을 쏟게 되는 것 같아요. 때로는 사랑하는 대상이 바로 그림 그 자체가 아닐까 하는 생각도 들기도 하고요. 그런데 그 사랑이 가까이 있는 듯하면서도 또 손에 닿지 않은 곳에 있는 것 같기도 하고요. 그림도 그렇구요."

"그렇지요. 그림에 대한 사랑이 없으면 그 그림은 생명이 없는 것이겠지요. 화가의 그림에 대한 애정의 깊이가 곧 그 그림의 가치와 정비례한다고나 할까."

"늦깎이가 갖는 첫 번 전시회여서 나름대로 깊은 애정을 가지고 저의 모든 것을 쏟아부었어요."

"그래요. 화가들이 많은 그림을 그리지만 훌륭한 명작은 몇 편 되지 않는 것도, 그림 자체에 대한 깊은 사랑이 없이 그리기 때문일 거예요. 습관으로 그리는 그림, 기교로 그리는 그림, 그러한 그림들은 아무리 아름답게 보여도 생명이 없어서 클래식은 되지 못하지요."

"그림에 대한 사랑이 어쩌면 사람에 대한 사랑에서 출발할 수도 있을 것 같아요. 예를 들면, 피카소의 경우, 새로운 애인이 생기면서 그림 풍도 달라졌고 또 좋은 그림도 많이 그렸거든요. 그 이유는 그 여인에 대한 사랑을 화폭에 간절히 쏟아 넣기 때문이 아닐까 해요……. 물론 제 생각이지만."

"피카소가 열 명인가 하는 여인들을 사랑했다지? 남편 말고 다른 한 사람을 사랑하는 데도 이렇게 힘이 드는데……. 아니 어떻게 그렇게 많은 여인을 사랑할 수 있었을까? 피카소는 편리한 생각의 구조를 가지고 있는 거 같아. 그래서 그렇게 많은 그림을 그렸나……."

수하가 잠시 생각에 잠겨 혼잣말로 중얼거린다.

"남편 말고 따로 사랑하는 사람이 있어요?"

강자가 의미심장하게 준서를 바라보면서 수하에게 묻는다. 생각에 잠겼던 그녀가 화들짝 놀라며 대답한다.

"아니 제가 그렇다는 것이 아니고요……."

수하는 준서를 흘끗 바라보고는, 더듬거리며 자기는 아니라고 이야기하지만, 속을 들킨 것 같아서 당황해한다.

"사랑 많이 하세요. 그럼 좋은 그림 많이 그릴 수 있을 거예요. 누구를 사랑할 수 있다는 것이 부럽다. 나에게도 수하씨 같은 그런 사랑이 용솟음치면 좋겠네."

강자는 짓궂게 준서의 허리를 팔꿈치로 툭 치고는 수하와 준서를 번갈아 본다. 그녀는 의미심장한 웃음을 수하에게 보내고는, 보고 있던 그림 앞을 떠나, 다음 그림으로 발길을 옮긴다.

*

  수하는 대학 때 미술을 공부했지만 졸업한 후 오랫동안 화가가 될 생각은 하지 못했다. 원래 놀기를 좋아해, 대학 때도 미술을 제대로 배우지 못했고, 또 졸업 후 바로 결혼해서 가정주부의 역할에 충실했기 때문이었다. 애지중지했던 아들도 애인이 생기고, 남편 사업을 이어받기 위해 열심히 경영수업을 받고 있으니 수하에게 소홀할 수밖에 없다. 오십이 눈앞에 다가오자 뭔가 허무함이 찾아오기 시작한 데다가, 준서가 이런저런 방법으로 그녀의 잠자는 화가 혼을 일깨운 것이다. 그녀는 일단 화가가 되기로 마음을 먹으니, 남에게 지기 싫어하는 성격이어서 혼신의 힘을 기울여 그림에 매달렸다.

  이번 전시회에는 그녀가 밤새워 그린 그림 삼십여 점이 전시되어 있다. 삼 년 동안 얼마나 많은 밤을 새워야 했던가. 그녀에게 있어서 삼 년은, 한편으로는 그림 그리기와 또 한편으로는 준서에 대한 사랑의 갈등으로, 모든 것이 다 소진되어 버린 시기였다. 그에 대한 사랑이 깊어 가면 갈수록 그녀는 더욱 그림에 미쳐갔고, 그림에 미치면 미칠수록 그에 대한 사랑도 깊이를 더해 간 것이다. 어떤 그림은 몇 번이나 그렸다 찢기를 반복했다. 특히 커다란 해당화와 그 아래 두 남녀가 데이지 꽃밭을 걷고 있는 그림은 준서가 그리울 때는 열심히 만족스럽게 그렸고, 혹시 준서가 서운하게 혹은 무심하게 대한다고 싶어지면 큰 붓에 검은 물감을 찍어 X자로 지워버리길 몇 번이나 했다. 지금 전시된 그림 중에 가장 많이 그렸다 뭉갰다를 반복한 그림이다.

*

 수하가 가장 심혈을 기울인 해당화 그림 앞에서 깊은 생각에 잠겨 있을 때 대머리의 중년 남자가 그녀에게 다가온다.
 "혹시 홍성 미대 나온 수하씨?"
 "누구세요?"
 "나야 나. 고유종. 우리 대학 때 같은 동아리였던 거 생각나?"
 대학 동아리 때 생각하기도 싫은 기억이 떠오른다. 서양화 동아리에서 유난히 그녀에게 추근거리던 선배였다. 그녀가 2학년 때 어느 여름날 동아리 전시회를 준비하던 중 밤늦게까지 동아리 화실에 있었던 적이 있었다. 그녀가 피곤하여 잠깐 소파에서 잠든 사이에 유종은 그녀의 몸을 더듬고 있었다. 옆 방 다른 동아리 사무실에 들릴까 봐 그녀는 큰소리도 치지 못했다. 선배 언니가 주의하라고 하였는데 남을 의심하지 않는 성격이 탈이있다. 그 후 유종은 졸업하고 소식을 끊었다.
 "어쩐 일이세요? 저는 깨끗이 잊고 있었는데요."
 "양평동에서 개인 화실을 가지고 그림을 그리고 있어. 오늘 인사동에 나왔다가 여기에 들렀는데 수하를 만나게 되었네. 자주 인사동에 나와 전시회들을 둘러보고 아이디어를 얻곤 하지. 조금 전 그분이 남편?"

조금 전 준서와 제법 정답게 이야기하는 것을 쭉 봐왔던 유종이다.

"아니에요. 제 도록을 인쇄해 준 출판사 사장님이에요."

"아주 정답던데. 나는 남편인 줄 알았지."

"저는 바빠서 가봐야겠네요. 저기 남편이 기다리고 있어요."

그녀는 생각하기도 싫어서 휙 돌아서서 마침 그녀를 두리번거리며 찾던 남편에게로 피신한다. 그러나 유종에게 여간 신경 쓰이는 것이 아니다. 유종은 모른 척하며 수하 내외에게 가까이 다가가서 주고받는 말을 엿듣다가, 미술관 밖으로 나간다. 그녀는 비로소 안심되어 담소를 나누고 있는 준서와 강자에게 가까이 다가간다.

"대학 다닐 때 짓궂게 따라다니던 선배예요."

묻지도 않은 말에 변명하지만, 준서는 무슨 말인지 잘 모르겠다는 표정이다. 유종과 그녀가 한쪽 구석으로 가서 이야기하고 있었던 것을 알지 못했기 때문이다.

그때 강자의 전화에서 음악 소리가 난다. 핸드폰을 받으며 미술관 밖으로 나간다. 평론가의 좋은 평에 기분이 한껏 좋아진 수하가 무의식중에 준서와 팔짱을 낀다. 그는 주위를 두리번거리며 어색해한다. 마침 멀리서 그녀 행동을 주시하던 남편이 다가오며 인기척을 하자 멋쩍은 듯 팔짱을 푼다.

"여보, 당신도 알지요? 내 도록을 인쇄해준 사장님."

그녀가 준서를 남편에게 소개한다.
"처음 뵙겠습니다. 김준서입니다."
"네. 오성운입니다. 말씀 많이 들었습니다. 아내가 그림 그리는 데 도움을 많이 주셔서 감사합니다. 사실 저는 좀 불만입니다. 아내가 그림에 미치다 보니까……. 미술은 원래 사람을 미치게 하나 봅니다. 하. 하. 저에 대한 관심이 좀 소홀한 것 같아 한편으로는 서운하기도 하고……."
"항상 남편분에 대한 생각이 가득하던데요."
"그런가요?"
"여보……."
수하가 옆에 와서 팔짱을 끼어 주자 남편은 좀 기분이 풀린듯 했다.
"성운씨는 참 행복하시겠어요. 마음도 아름답고 미인이신 수하씨를 부인으로 모시고 사시니까."
"앞으로 제 아내가 미술가로 대성할 수 있도록 도와주세요."
마음에도 없는 형식적인 인사인 줄 뻔히 아는 그녀가, 왼팔로 남편, 오른팔로 준서와 팔짱을 꼈다. 그녀는 항상 거침이 없는 성격이다. 감정을 감출 줄을 모른다. 속을 보이지 않으려고 애를 쓰면서도 다 보이고 마는 성격이랄까.
오늘도 그녀는 흥분된 감정을 주체하지 못하고 있다. 예상외로 유명한 미술평론가로부터 그림에 대한 칭찬을 들었을 뿐만 아니라, 평소 칭찬에 인색했던 지도교수도 칭찬을 아끼지 않았기 때문이다. 게다가 기대하지 않았는데 그림도 백만 원짜리 두 점,

이백만 원짜리 한 점이 팔렸다. 이제 갓 대학원을 졸업한 신출내기 작가의 그림이 이 정도 팔리기는 쉬운 일이 아니다. 물론 준서가 기업을 하는 친구들에게 간곡히 부탁한 결과였으나 그녀는 그런 사실을 알지 못하고 있다.

무엇보다 그녀가 그림에 미치는 것을 못마땅해하는 남편 앞에서, 많은 사람의 칭찬을 받게 되어 더욱 기분이 좋았다. 남편은 이 세상에 날고 기는 환쟁이들이 많은데, 나이 많은 아줌마가 무슨 화가가 되겠다고 밤을 새워 애를 쓰는지 이해할 수가 없다고 늘 입버릇처럼 빈정거렸다.

미술관이 문 닫을 7시가 되자 모두 정리하고 나선다. 전시회는 일주일간 계속된다. 오늘은 개막 행사가 중심이다. 행사가 끝난 6시경에 대부분 초청받은 손님들은 돌아갔다.

준서, 강자, 영태와 수하는 '여자만'이라는 음식점에 모여서 저녁식사를 하고, 수하 남편 성운을 비롯한 가족들은 '지리산'이라는 전통음식점에 자리를 잡는다.

미술평론가인 강자와 수하의 지도교수인 영태, 그리고 수하는 미술대학 선후배 사이들이다. 준서와 강자는 같은 해에 같은 대학에 다녔지만, 준서는 국문학을 전공했고, 강자는 미학을 전공했으나 모두 시인 지망생들이었다. 대학 시절 문학동아리에서 강자와 준서는 함께 활동한 적이 있어서 서로 잘 아는 사이다.

"요즘 미술은 우리 시대와 너무 달라서 헷갈려. 그런데 수하씨 그림은 우리 코드와 맞는 거 같아서 좋아. 사실 박평론가 덕분에 국문학을 전공한 나도 미술 전시회에 자주 갔었거든."

"어떻게 다르다고 생각해?"

강자가 웃으며 술잔을 들고 주서에게 묻는다.

"요즘은 아이디어가 기발해야 대접을 받는 것 같아. 캔버스에 색으로 구현했던 평면 예술과는 달리 입체적으로 표현하는 미술, 설치미술, 각종 전자기법을 활용한 미술 등등. 얌전하게 캔버스에 아름다움을 추구했던 과거와는 많이 달라."

"옛날 우리 대학 시절에도 그런 경향이 없진 않았어. 다만 우리 눈에는 캔버스에 색으로 표현했던 예술이 편하게 들어왔기 때문이지. 평면 예술이든 입체 예술이든 전자기법을 활용한 예술이든 아름다움을 추구한다는 데는 목적이 같으나 다만 표현하는 기법이 다양해졌다는 거야."

"얼마 전 프랑스에 갔을 때 기억에 남는 것은……. 아마 니스 현대미술관이었지……. 세자르라는 예술가가 빨간 자동차를 납작하게 눌러서 벽에 걸어 놓았는데 그것이 미술작품이라고 그 앞에 아이들이 모여 열심히 노트에 선생님이 설명하는 것을 적고 있었어. 녹슨 폐차도 예술이라고 말이야."

"그것을 아름답다고 느낀 사람도 있다는 거지. 데미안 허스트가 포르말린이 들어 있는 유리 상자 안에 상어를 넣어놓고 자품이라고 했던 것을 알면 기절초풍하겠군."

"참, 얼마 전에 무슨 카텔란이라든가 하는 사람이 바나나를 벽에다 테이프로 붙여 놓고 작품이라고 했다나……. 더구나 그게 억 단위 금액으로 팔렸다는 뉴스가 나온 적이 있었지. 현대가 워낙 삭막하니까 징그러운 것도, 장난기 어린 행동도 미술작품이라고 하는가? 문학에서도 소위 '낯설게 하기'가 너무 앞서가는 것 같아."

"어떤 작품 앞에 섰을 때 스토리텔링을 잘해야 그 작품이 예술이 되는 거지. 뒤샹이 변기를 미술작품이라고 출품했을 때, 심사원 모두 돌아보지도 않았지만, 그럴듯한 스토리텔링으로 살아났다고 생각해. 마치 현대 예술에 대한 무슨 큰 공헌을 한 것처럼 요즘 말하고 있잖아."

"그런데 요즘은 그 스토리텔링, 즉 소통을 거부하는 경향까지 생겼어. 소통하게 되는 순간 그것은 예술이 아니라고 일부 시인들이 주장하고 있거든. 아무리 낯설게 하기라도 소통이 되어야 할 것 아냐. 평론가들조차 이해할 수 없다고 고백하면서도 좋은 작품이라고 부추긴다니까."

"이 세상 그 어떤 것으로도 잘 설명할 수 없는 것이, 인간 마음의 움직임이 아닐까 해요. 도저히 어디로 튈지 모르는 마음. 세상적인 틀 안에서 벗어나는 것이 더 예술적이고, 더 삶을 잘 사는 것처럼 느껴져요, 요즘 저는……. 그래서 소통을 거부하는 예술가들의 작품을 이해할 수 있을 것 같아요."

선배들의 이야기를 듣기만 하던 수하가 독백처럼 깊이 생각하는 표정으로 이야기한다.

박평론가와 손교수가 최근 한국 화단에 대해 심각하게 토론을 하고 있을 때, 마침 수하의 핸드폰에서 노랫소리가 들린다. 그녀 남편에게서 온 전화다.

"한 시간만 기다려 주세요. 식사 끝나시면 '귀천'이라는 카페로 가 계세요. 내가 그리로 갈게요."

그녀가 모기만 한 목소리로 대답하고는 전화를 끊는다. 수하는 준서 허벅지를 쿡쿡 손으로 찌르며 잠깐 보자는 눈치를 한다. 그는 그녀 뒤를 따라 밖으로 나간다. 보름달이 빌딩 사이로 휘영청 밝다. 그녀는 그의 손을 끌고 어디론가 다급하게 종종걸음으로 달려간다. '피카소'라는 간판을 달고 있는 모텔이 눈앞에 다가온다.

"아까 방 예약하려고 전화했던 사람인데요. 방 열쇠 좀 주세요. 여기 십만 원 있어요."

그녀는 서둘러 얼떨떨해하는 준서를 끌고 방으로 들어간다. 다짜고짜 그를 침대로 밀어붙이고는 키스를 해댄다. 전광석화처럼 덮쳐오는 그녀를 그저 정신없이 받아들인다.

"사랑해요. 준서씨."

준서는 따뜻한 그녀의 혀 놀림이 너무 좋다. 사실 그는 그녀를 안고 뒹구는 상상을 얼마나 했는지 모른다. 그는 그녀의 한복을 하나하나 벗기기 시작한다. 그녀도 그의 옷을 벗겨 준다.

"오늘 우리 사랑이 완성되는 거 맞지요?"

평소의 수하와는 너무 달라 당황하면서도 찬찬히 그녀가 알몸이 되어가는 것을 즐긴다. 그의 눈에 그녀 몸은 그 자체가 예술 작품이다. 가무잡잡한 유두는 크지도 작지도 않은 것이 봉긋했다. 그녀의 유방은 크지 않았지만, 손아귀에 꽉 차게 탱글탱글한 느낌이 좋았다.

침대에 누워 몸속으로 깊숙이 들어온 그를 즐기고 있던 그녀가 그와 체위를 바꾼다. 그녀가 격렬하게 위에서 그를 리드한다. 그녀는 남편으로부터 애정 어린 서비스를 받아본 기억이 희미했다. 그것이 불만이었다. 그래서 준서로부터 서비스를 받아보고 싶은 상상을 자주 했다. 그러나 역시 그녀는 습관이 붙어서인지 수동적으로 아래에 누워 있는 체위로는 만족할 수가 없다. 격렬한 파동이 지나가고 둘은 서로 손을 잡고 나란히 누웠다.

"아. 정말 오랫동안 제가 꿈꾼 것을 모두 이루었네요. 저는 지난 삼 년 동안 준서씨와 한몸 되는 꿈을 꾸면서 열심히 그림을 그렸어요. 말하자면 현실에서 이룰 수 없는 몸부림을 그림에 쏟아부었다고 할 수 있겠죠. 오늘 개인전을 기점으로 우리의 사랑도 확인하고 싶었어요. 이제 그림도 나름 성공했고, 우리의 몸과 마음도 모두 사랑의 클라이맥스에 도달했군요. 우리의 사랑이 완벽하게 완성된 순간이네요. 저는 이 완벽한 사랑을 훼손시키지 않고 영원히 간직하고 싶어요."

그녀는 몸을 일으키고 그를 물끄러미 바라본다. 갑자기 그녀의 표정이 진지해진다. 그의 눈에는 조금 전 환희에 들떠 정신을 잃었던 그녀의 모습보다 지금의 심각한 표정이 더 아름답다.

"앞으로 이보다 더 황홀한 순간을 기대할 수 없을 것 같아요. 그래서 더 이상 육체관계는 갖고 싶지 않아요. 한 번 두 번 횟수가 늘어나다 보면 우리 사랑이 시들해질 거예요. 저는 오래전부터 우리의 사랑을 어떻게 아름답게 완성할 수 있을까 그림을 그리면서 많이 생각했어요."

"……"

"제 말에 동의하시지요? 그러니까 내일부터는 우리는 서로 만나도 전혀 아무 일 없었던 친구처럼 대하고, 세상 끝날까지 오늘의 아름다운 추억을 고이 간직하고 가요."

그가 대꾸할 틈도 주지 않고 일방적으로 말하고 나서, 그녀는 옷을 챙겨 입는다. 준서는 수하의 몸에 옷이 하나둘 입혀지는 것을 바라본다. 그는 짧은 꿈 한 자락을 붙들고 있는 기분이다.

"저 먼저 가요."

"……."

그녀는 그에게 달뜬 미소로 인사를 하고 문을 나선다. 밖에는 여전히 달빛이 휘영청 밝다. 보름달이 그녀에게 따뜻한 미소를 건넨다. 그녀는 보름달에게 손을 흔들고 가까이에 있는 '귀천'이라는 카페로 향한다. 그때 갑자기 누군가 딱 막아선다. 험상궂게 굳어 있는 표정을 짓고 있는 남편이다.

조금 전 음식점 '지리산'에서 있었던 일을 그녀는 알 길이 없다. 유종이 식사를 하고 있는 수하 남편을 불러냈었다.

"부인께서 어디 계시죠? 이것은 얼마 전 제가 개인전 할 때 만든 도록인데요. 이것 좀 전해주세요. 우린 대학 때 같은 서양화 동아리 친구였습니다."

유종은 능글맞은 웃음을 흘리며 도록 한 권을 성운에게 내밀었다.

"아내는 지도교수팀과 함께 식사할 거예요. 함께 계시지 않았나요?"

"한 시간 전쯤 어떤 남자분과 저기 앞에 있는 '피카소' 모텔로 가시던데, 아직 안 돌아오신 모양이군요."

붉은 보름달

나는 어느 날 집 주위에 활짝 핀 벚꽃의 꽃잎들이 하나둘, 마지막 인사를 가벼운 춤으로 남기고 사라지는 것을 바라보다가 책상에 앉았다. 책상에 앉을 때는 습관적으로 맨 먼저 이메일을 확인하는 버릇이 있다. 마침 동수로부터 온 메일이 있었다. 반가웠다. 그와 나는 '예술의 전당' 미술 실기 아카데미 사진반에서 함께 수업을 받았고, 수강생들이 사진동호회를 만들었는데, 출사를 함께 하면서 친해졌다.

몇 달 전에 명예퇴직하고 여기저기 세계여행을 떠난다고 한 후 소식이 없어 궁금하던 차였다. 퇴직 후 자신의 삶을 회고하면서 쓴 일기장을, 음력 4월 보름날 오후 7시에 삼청공원 초입에 있는 벤치 옆 동쪽으로 굽어진 소나무 밑에 묻어 둘 것이니 꼭 찾아서 읽어 보고 소설로 써 달라는 것이었다. 내가 자주 소설 쓸 재료가 바닥이 나서 펜이 무디어졌다고 그에게 말한 기억이 떠올랐다.

아무래도 느낌이 이상했다. 전화로 몇 번 연락을 시도했으나 연결이 되지 않았다. 그는 내가 소설가라는 것을 잘 알고 있었으며, 소설집을 낼 때는 꼭 공짜로 받지 아니하고 교보문고에서 사서 자기 친구들에게도 나눠주곤 했던 친구였다.

동수는 서울대 경제과를 졸업하고 바로 한국은행으로 들어가 승승장구했던 친구다. 첫 근무지는 한국은행 대전지점이었다. 갈대밭으로 유명한 충남 서천 출신으로 가난한 농부의 아들이다. 대학도 거의 입주 가정교사로 있으면서 장학금을 받아 졸업했다.

동호회에서 서천 갈대밭으로 출사가 있던 날, 가까운 마을에 있는 동수의 집을 방문한 적이 있었다. 다른 회원들은 바로 귀경하였으나 나는 그의 강권으로 동수의 시골집을 방문하게 되었다. 오래된 낡은 농가에 살고 계시는 연로하신 부모님들이 반가이 맞아 주셨다. 동수 아버님이 권하시는 대로 한산소곡주를 받아 마시다 보니 대취하여, 옹색한 그 집에서 하룻밤을 보내고 난 후 더욱 가까운 친구가 되었다.

동수는 한국은행 대전지점에 있을 때, 충청은행 행장의 외동딸인 명지와 결혼했고, 결혼 후 본점으로 옮겨와 요직을 두루 거치면서 승승장구했다. 명지는 이화여자대학교 미술대학을 졸업하고, 아버지가 행장으로 있는 충청은행 홍보실에서 근무하고 있었다. 처가는 제법 부자였고, 결혼 예물로 집은 물론 자동차까지 모두 장모가 손수 골라서 사주었다. 결혼 후 명지는 인사동 근처의 갤러리를 인수하여 크게 성공했다는 소식을, 동수가 보내 준 월간 미술 잡지의 특집 기사를 통해 읽은 기억이 났다. 내가 동수에 대해 아는 것은 거기까지였다.

동수가 부탁한 대로, 음력 4월 보름 초저녁에, 보름달의 흰영을 받으며, 금융연수원 옆길로 삼청공원으로 올라갔다. 보름달이 유난히 크고 붉었다. 신문과 방송에 슈퍼문은 재앙을 가져온다는 속설이 있다는 보도가 떠올랐다. 삼청공원 입구에 가까이 이르자 119구급차가 요란한 경적을 울리면서 공원에서 내려오고 있었다. 이상한 느낌이 들어 한달음에 달려갔다. 공원 벤치 부근에는 아직 사람들이 서서 뭐라 수군대고 있었다.

"조금 전에 무슨 일이 있었나요? 구급차가 요란을 떨며 내려가던데요."

"네. 어떤 중년 남자가 이 벤치에서 누워 있었는데 차에 실려 갔어요. 구급대원 말로는 이미 숨을 거뒀다고 하던데요."

나는 멍청히 서 있다가 사람들이 다 사라지고 나서 소나무를 찾았다. 다행히 주위에는 상수리나무와 아카시아나무만 있었고 소나무는 달랑 하나여서 쉽게 찾을 수 있었다. 솔잎이 소복한 곳을 헤쳐 보니 표지가 검은 수첩이 있고, 하얀 종이쪽지가 삐죽이 꽂혀 있었다. 며칠 전 이메일로 보내온 내용대로 일기장에 적힌 내용을 꼭 소설로 써달라는 부탁이었다. 날씨도 을씨년스러워 공원길을 내려오다 '서울서 둘째로 잘하는 집'이라는 카페에서 생강차를 시켜놓고 그의 일기를 대략 훑어보았다. 매일매일 자신의 생각을 비교적 자세히 길게 써 내려갔다. 어느 날은 술에 취해 휘갈긴 것도 있었고, 새벽에 일찍 자신의 삶에 대한 깊은 반성을 마치 유서를 쓰듯 성찰을 담기도 했다.

*

동수가 한국은행 대전지점에서 터를 잡게 되자 여기저기 특강에 자주 불려 나가게 되었다. 어느 가을 대전상공회의소에서 지역경제 활성화 방안에 대한 세미나에서 주제발표를 했었는데, 충청은행 행장이 사회를 맡은 적이 있었다. 행장은 동수의 똑똑함에 반해 세미나 끝난 후 얼마 지나지 않아 자기 집으로 초대했다.

"오늘은 여러분께 새로운 회원을 소개하겠습니다. 아마 지난번 세미나에 참석하셨던 분은 이미 잘 알고 계실 것입니다. 서울대 경제과를 졸업하고 한국은행에 입사하여 여기 대전지점을 자원하여 근무하게 된 소동수군입니다. 서산 양반집 후손이고 무엇보다 지난번 세미나에서 발표한 것을 보니, 우리 지역의 경제 활성화에 깊은 관심을 가지고 있어 오늘 모임에 초청하게 되었습니다."

행장 자택 정원에는 40여 명의 손님이 대부분 부부동반으로 초대되었다. 모두 충청 지역의 금융기관과 기업에서 중요한 역할을 하는 사람들이었다. 이 자리에는 행장 부인과 외동딸 명지가 손님들을 일일이 영접하고 있었다.

"오, 송행장 자네 사윗감으로 점찍은 거 아닌가?"

행장의 오랜 친구인 우성사료 중역 한 분이 웃으면서 농담을 건넸다.

"나야, 그랬으면 오죽 좋겠나. 본인들의 의사가 중요하지."

만면에 웃음을 띠며 기다렸다는 듯이 명지를 쳐다보며 받아넘긴다. 그때 충청은행 김전무가 추임새를 넣었다.

"그래, 명지는 이대 미술과를 졸업하고 지금 우리 충청은행 홍보실에서 일하고 있다네. 이제 나이가 꽉 찼으니 결혼할 때가 되었지? 동수군, 자네 뜻은 어떤가? 사귀는 여자가 있는가?"

"아니, 제게는 과분한……."

동수는 언뜻 은하가 떠올랐지만, 명지를 살짝 훔쳐보니 당차 보이는 것이 싫지 않았다. 행장 부인이 끼어들어 거들었다.
"저도 대 찬성입니다. 옛날 어르신들은 부모들끼리 결정하면 됐지만, 요즘은 자기들끼리 뜻이 맞아야지요. 명지 너는 어떠니?"
"엄마 아빠가 좋다면 저도 좋아요."
명지도 대학 시절 사귀었던 남자들보다, 동수가 잘생겼다는 생각은 들지 않았지만, 훤칠하고 똑똑하게 생긴 모습이 마음에 들었다.
이내 행장 친구들끼리 어울려 흥겨운 파티가 진행되었다. 동수는 어색해하며 한쪽에서 파티를 지켜보고 있었는데 명지가 동수에게 가까이 다가와 먼저 인사를 건넸다.
"환영합니다. 아빠가 일 년에 서너 번씩 이런 파티를 열고 지역경제인들과 사업상 어울리고 계세요. 앞으로 자주 오세요."
"저야 영광이지요. 우리 지역경제를 짊어지고 가실 분들을 만날 수 있는 좋은 기회군요."
"앞으로 자주 뵙겠네요. 저는 아버지 회사 홍보실에 근무하고 있어요. 사보에 실릴 원고 청탁하러 자주 찾아뵙겠습니다."
"감사합니다. 언제든 대환영입니다."
그날은 그렇게 파티가 끝났다. 명지는 적극적인 성격의 소유자여서, 그날 이후 자주 한국은행 대전지점 앞에서 동수가 퇴근할 무렵에 기다렸다가, 함께 대청호수 주변을 돌아다녔다. 충청은행 사보에는 매월 지역경제 현황과 전망에 관한 동수의 글이 실렸다.

파티에서 서로 인사를 나눈 다음 해 봄날, 동수와 명지는 대청호수 벚꽃광장에서 꽃비를 맞으며 산책하고 있었다. 마침 어느 시인단체에서 시 낭송도 하고 가곡도 부르는 것을 맨 뒷자리에 앉아 한참 지켜보았다.

"정말 멋있는 분들이군요. 나이 지긋해서 저렇게 자기가 좋아하는 활동을 한다는 것은 잔잔한 행복일 겁니다."

"제가 사보에 실릴 시를 청탁하러 가끔 시인들을 찾아가 이야기를 나누다 보면, 좀 비현실적인 점도 있지만, 오히려 그게 더 사람 살아가는 세상에 양념 같다고나 할까, 참 좋게 느껴졌어요."

시인 중에 낭송을 하면서 명지를 향해 목례하는 시인도 있었다. 아마도 원고청탁으로 낯이 익은 것이리라. 시낭송회가 끝나자 동수와 명지는 가까이 분위기 있는 음식점에 들러 식사도 하고 동동주도 곁들였다. 마치 버섯 모양의 지붕을 하고 있는, 동화 속 같은 분위기를 담고 있는 카페 겸 음식점이었다.

봄바람이 살랑거리는 포근한 날씨여서 제법 술기운도 올랐다. 식사 후 대청호수 주변을 팔짱을 끼고 걸었다.

"밤에 쌀쌀한 것을 보니 아직 본격적인 여름은 아닌 것 같아요."

명지는 동수에게 몸을 바짝 밀착시킨다. 마침 가까이에 멋지게 꾸민 모텔이 눈에 띄었다.

"동수씨, 날씨도 쌀쌀한데 우리 여기서 잠깐 쉬었다 가요."

동수는 명지가 이끄는 대로 끌려 모텔 안으로 들어갔다. 그날

이후 명지는 결혼을 서둘렀다. 동수는 그저 하자는 대로 따랐다. 마음 한쪽에는 은하가 있었지만, 다른 한쪽에 명지가 자리를 잡기 시작했다. 명지와 결혼하면 지긋지긋한 가난으로부터 탈출은 물론, 미래에도 화창한 꽃길을 걸을 수 있을 것 같은 유혹을 뿌리칠 수 없었다.

결혼식은 서울에 있는 워커힐 호텔에서 거창하게 거행되었다. 동수는 빈한한 농촌 출신이어서 결혼식 비용 때문에 워커힐 예식장을 반대했지만, 장모가 모든 결혼 비용을 부담했고, 동수 부모님이 결혼식에서 입을 옷까지 일일이 챙겨 주었다. 명지 부모님이 워커힐에서 결혼식을 하자고 강권한 것은, 충청은행장 체면은 물론, 동수를 상류사회에 소개해 주고 싶은 욕망이 컸기 때문이었다. 아들이 없는 데다 동수의 학력과 직장은 남에게 사위로 내세우기에 충분했다. 무엇보다 명지도 친구들에게 멋진 신랑을 자랑하고 싶었다.

*

동수는 한국은행 대전지점에 발령을 받은 직후, 금융연수원에서 2개월 동안 업무연수를 받았다. 대전에서 출퇴근할 수 없어 금융연수원 가까이에서 하숙을 하게 되었다.

동수가 금융연수원에서 연수를 받을 때 머물렀던 하숙집에는 대학을 갓 졸업하고 취업을 준비 중인 주인집 딸이 있었다. 동수는 그녀의 소개로 은하를 알게 되었다. 하숙집 주인 딸은 이미 남자친구가 있었다. 은하는 노래도 잘하고 기타도 잘 다루었기 때문에, 하숙집에 올 때마다 주인집 딸과 함께 기타를 치며 노래를 즐겨 했다.

동수와 은하가 사귀기 시작하면서 둘은 기타를 들고 가까이에 있는 삼청공원에 자주 가서 함께 노래를 부르면서 더욱 가까워졌다. 특히 은하는 은희가 부른 「꽃반지 끼고」라는 노래를 좋아했고, 동수에게도 외울 때까지 반복해서 가르쳐 주는 것을 재미있어했다. 다른 것은 동수에게 내세울 게 없지만, 노래와 기타연주만은 자신이 있었다. 결국, 동수도 기타를 새로 구입해서 은하에게 배우게 되었다. 기타를 가르치고 배운다는 핑계로 둘은 자주 만났다.

 생각난다 그 오솔길 그대가 만들어 준 꽃반지 끼고 다정히 손잡고 거닐던 오솔길이, 이제는 가버린 가슴 아픈 추억.
 생각난다 그 바닷가 그대와 둘이서 쌓던 모래성. 파도가 밀리던 그 바닷가도 이제는 가버린 아름다운 추억.
 그대가 만들어 준 이 꽃반지 외로운 밤이면 품에 안고서 그대를 그리네 옛일이 생각나. 그대는 머나먼 밤하늘의 저 별.

아쉽게 2개월의 연수가 끝나자 은하와 동수는 자주 만날 수 없었지만, 주말이면 동수가 서울로 와서, 삼청공원에서 함께 기타를 치기도 하고, 서울과 인천에 있는 유원지를 돌아다녔다. 은하가 대전으로 내려오면 주로 대청댐 주위를 거닐고 인근에 있는 음식점이나 카페에서 죽치고 앉아 이야기꽃을 피웠다.
 해가 바뀌어 5월 첫 주말에 은하와 동수는 보름달 구경을 하면서 삼청공원에 올랐다. 이미 벚꽃은 모두 지고 몇 송이만 봄을 아쉬워하며 명맥을 유지하고 있었다. 당시 어느 주간지의 삼청공원 관련 기사가 화젯거리였다. 젊은 남녀들이 삼청공원 철조망을 뚫고 들어가, 문란한 관계를 서슴지 않는다고 대서특필한 적이 있었다. 당시 삼청공원 대부분은 군사 보안상 출입금지 구역이었고, 민간인이 출입할 수 없도록 철조망이 설치되어 있었다. 은하와 동수는 그 기사 이야기를 하면서 호기심이 발동하여 철조망이 뚫어져 있는 곳으로 들어갔다. 몇몇 곳에서 도란도란 나지막한 목소리들이 들렸다. 동수가 구부러진 큰 소나무 밑 평평한 곳을 골라 마른 소나무 잎으로 앉을 자리를 만들고, 그 위에 잠바를 벗어 깔았다.
 "은하씨, 여기 앉아요. 자리가 좁아서 꼭 붙어 앉아야겠네요. 저야 은하씨 숨소리를 가까이 들을 수 있어 좋지만……."
 "저두 괜찮아요. 이제 서로 내외할 사이는 아니지 않나요?"
 "그런가요? 아직 찐한 키스도 못했는데……."
 은하는 버릇처럼 「꽃반지 끼고」를 웅얼거리며 자리에 앉는다.
 "지난번 강화도에 놀러 가서, 동막해변 가를 거쳐 마니산에 갔었잖아요. 그때 오솔길에 번개처럼 저에게 아주 찐하게 키스를 하구서는……."
 "그런 적도 있었네요. 하. 하."
 "참, 그때 제 손가락에 결혼반지라고 클로버 꽃으로 반지를 만들어 끼워 주셨던 것 기억나세요?"

"제가 그랬나요?"

"그럼 그 결혼반지는 농담이었어요?"

은하는 「꽃반지 끼고」를 다시 흥얼거린다.

"아냐, 오솔길의 추억, 바닷가의 추억……, 그것 모두 좋은 것이 아니네요."

"그렇군요. 삼청공원 오솔길, 마니산 가는 오솔길, 그리고 동막 해변가……."

"우리가 헤어진다는 얘기가 되네요. 이제 이 노래는 그만 불러야겠다. 노래는 최면 효과가 있어서 그대로 된다고 하는데……, 좋은 노래만 불러야겠네. 무슨 노래가 있죠? 동수씨가 좋아하는 스카보로 페어를 부를까요? 아니 그 노래도 마지막 구절을 보면 결국 헤어진 사랑이지 않나요?"

"중세 때부터 전해 내려오는 영국민요를 유명한 여러 가수가 편곡해서 부르고 있지요. 영국의 요크셔주 항구도시 스카보로 시장(Scarborough Fair)에 사는 여인을 그리워하며 부르는 노래라고 합니다. 이런 구절이 반복되고 있지요. '거기 사는 한 여인에게 안부를 전해주세요, 한때 그녀는 나의 진실한 사랑이었어요.'라구요."

"왜 노래들은 사랑보다 이별을 즐겨 다룰까요?"

"글쎄요, 사랑의 수명은 길어야 3년이라네요. 미국의 어느 병원에서 실험했는데 결혼한 후 3년이 지나면 사랑이 아니라 습관으로 부부관계가 유지된대요."

"우리가 만난 지는 2년밖에 안 되었으니 아직 유효기간이 안 지났네요. 따끈따끈한 사랑을 나누고 있는 셈이네요. 그런 거 따지지 말고 그냥 우리 노래나 불러요."

동수가 첫 구절을 시작하자 이내 은하도 조용히 따라 불렀다. 영국 발라드 특유의 애잔한 곡조에 취해 동수와 은하는 꼭 껴안고는 키스를 했다. 그리고 동수는 은하의 가슴을 더듬고 이내 가벼운 은하의 거부 의사에도 불구하고 한 몸이 됐다. 은하는 통증을 호소하며 신음을 했지만, 동수를 받아들였다. 동수가 은하의 소복한 숲을 손수건으로 닦아 줬다. 둘은 옷을 추슬러 입었다. 손수건에는 선혈이 묻어 있었다. 은하의 눈에는 눈물이 비쳤다.

"우리 그런 슬픈 노래 부르지 말아요, 동수씨, 우리 오래오래 서로 함께 있어요. 앞으로 결혼 전까지는 육체관계도 없으면 좋겠어요. 친구들이 그러는데, 한번 시작하면 자주 하게 되고 그게 이별의 빌미가 된다는데……."

"그래요, 조심해야죠. 그리고 슬픈 이별의 노래는 부르지 맙시다."

서울여상을 졸업하고 취업을 위해 타자학원에 다니는 중에 동수를 만난 은하는 만나는 동안에도 동수가 자기를 떠날 것 같은 불안감으로 몸을 허락할 기회가 많았어도 거부했으나, 오늘 저녁에 결국 하나가 되고 만 것이다. 둘은 아무 말 없이 서로 껴안고 체온을 느끼다가 한참 만에야 일어서서 들어왔던 철조망을 들추고 하산했다.

그해 가을이었다. 어느 때처럼 삼청공원에서 기타를 치며 노래를 하다가 갑자기 은하가 심각한 표정이다.

"나, 자기 아기 가졌어."

"에이, 거짓말 마라."

"정말이야, 일 개월 되었어. 그래서 말인데……."

심각한 표정으로 자기의 배를 어루만지며 말을 이어갔다. 첫 경험이 있고 난 뒤, 약속과는 달리 서울과 대전을 오가며 몇 번의 성관계를 했다. 물론 아이가 생길 것이 걱정되어 피임약도 구해서 먹었으나 걱정했던 대로 덜컥 임신하게 된 것이다.

"나 어떡하지? 우리 엄마가 제일 싫어할 텐데. 우리 엄마는 골수 가톨릭 신자거든. 혼전 임신이란 용서받을 수 없을 거야. 우리 오빠도 마찬가지고."

"……."

동수는 아무 생각도 나지 않는다. 머리가 텅 비어 버렸다. 아무 말도 할 수 없었다.

"몇 날 며칠을 생각해봐도 애를 낳을 수는 없어. 우리 수술하자. 나중에 결혼하고 아기를 갖지 뭐. 이 아이한테는 미안하지만 엄마를 이해할 거야……."

"……."

동수 귀에는 은하의 말이 들리지 않았다. 명지의 웃는 모습이 떠올랐다.

"뭐라고 얘기해봐. 내가 쉽게 결정한 게 아니야."

"그래, 그러자."

그날은 그렇게 헤어지고 거의 한 달 동안 주말마다 만나 고민하다가 도저히 낳을 수 없다는 은하의 결심이 확고해지자 청량리 근처에 있는 허름한 산부인과를 찾았다.

"오늘 처치를 해드리지만 수술은 안 할 수도 있으니, 내일 수술하기 전까지 아빠와 함께 심사숙고해서 결정하세요. 2개월 된 아이도 엄연히 생명인데 나중에 후회하실 겁니다."

뚱뚱한 여의사는 안경 너머로 동수와 은하를 쳐다보며 말리는 것이었다.

"아직은 애가 있으면 안 돼요."

여러 가지로 의사는 은하를 설득했으나 막무가내였다. 동수는 아무 말 없이 옆에서 고개를 숙이고 손만 만지작거리고 있었다.

동수는 아이를 지우는 현장을 직접 의사의 권유로 참관해야 했다. 의사는 수술실로 동수를 불러서 한사코 싫다는 동수에게 소파수술현장을 보도록 강요했다. 달그락달그락 쇠로 된 작은 국자같이 생긴 기구들이 들락거리며 은하의 자궁에서 붉은 피를 긁어냈다. 여의사는 수술 중에 수시로 동수를 쏘아봤다.

은하는 체질이 좋아서 수술 후 후유증도 없이 금방 회복이 되었다. 바로 그 가을에 충청은행장 집에서 파티가 있었고, 명지를 만나게 된 것이다. 은하도 직장을 다니고 있었고 동수도 여기저기 세미나에 불려 나간다는 핑계로 은하와 동수의 만나는 횟수가 뜸해졌다. 은하도 동수가 명지를 사귄다는 사실을 알게 되었다. 물론 동수는 명지와 업무 관계, 즉 원고청탁 때문에 만난다고 했지만 느낌이 없을 리 없다. 명지가 은행장의 딸이고 서울의 명문대를 나온 부잣집 외동딸이라는 것도 알게 되었다.

*

결혼 한 달 전쯤 동수는 상경하여 자주 가던 삼청공원에서 은하를 만났고, 자기가 결혼한다는 소식을 전했다. 은하는 헤어질 때까지 아무 말이 없었다. 다만 「꽃반지 끼고」를 낮게 반복해서 흥얼거릴 뿐이었다. 도저히 사회적으로 비교가 될 수 없는 동수의 부인에 대한 무력감이 은하를 짓누르고 있었기 때문이다.
"우리 아기가 태어났더라면 이별은 없었을걸."
혼잣말처럼 은하는 중얼거리고는 말없이 휘적휘적 공원을 내려가더니 택시를 타고 먼저 가버렸다.

동수와 명지의 결혼식이 열리기 직전에 호텔 커피숍에서 은하와 동수가 만났다. 은하가 동수의 친구인 진우에게 동수를 불러달라고 했기 때문이다. 동수 친구이자 은하의 오빠와 중학교 동창인 진우는, 은하가 임신중절 수술을 한 것까지 알고 있었던 터라, 혹시 결혼식장에서 소란이 있을까 봐 하객 맞이에 바쁜 동수를 커피숍으로 불러냈다. 진우는 멀찍이 떨어져 이들을 지켜보았다.
"은하야 미안하다."
"동수씨가 헤어지자고 했을 때도, 결혼한다고 했을 때도, 나는 설마 하고 믿지 않았어. 우리 관계가 떼려야 뗄 수 없다고 믿었는데……. 막상 결혼식장에 와 보니 억장이 무너지네."

"내가 무슨 말을 하겠니. 그러나 너를 진정 사랑한다는 사실은 알아주라."

동수가 사랑한다는 말을 입에 올리자 은하는 발끈하면서 동수의 멱살을 잡았다. 진우가 멀리서 이를 보다가 달려와 뜯어말렸다. 그 과정에서 동수 손등에 은하의 손톱자국이 깊게 났다. 결혼식 중에 하얀 장갑 위로 피가 비쳐서 동수는 주례가 무슨 말을 했는지도 모르고 결혼식을 끝냈다. 결혼식 내내 진우에게 끌려나가는 은하의 눈물 글썽거리는 얼굴이 아른거렸다. 친구들 사진을 찍을 때 진우가 동수에게 다가와 귓속말로 은하가 진정하고 돌아갔다는 말을 전해주자 조금은 마음이 가라앉았다.

은하는 돌아오는 버스 속에서 담담해 하는 자신을 발견하고는 놀랐다. 사실이지 은하는 동수가 시간과 장소는 말하지 않았으나 한 달 전에 동수로부터 결혼한다는 사실을 직접 들은 후, 오랜 고민 끝에 동수를 체념하고 있었다. 자신도 왜 그리 쉽게 체념되는지 의아했다. 은하는 뭐든지 자기 것이 아니라고 생각되면 쉽게 포기해버리는 성격이기 때문이라고 자문자답하며 자신을 다독였다.

은하는 동수의 결혼식 당일 아침, 기분이 심란해서 진우를 통해 시간과 장소를 알게 되었다. 동수가 은하와는 결혼할 수 없다고 몇 개월 전부터 입버릇처럼 이야기했기 때문에, 한편으로는 받아들였으나 한편으로는 농담으로 치부하기도 했다. 은하는 여상을 나와 조그만 세무사 사무실에 사환 비슷한 경리 일을 하는 자기와 서울상대를 나와 한국은행에 근무하고 있는 동수 사이에는 너무 건너기 어려운 늪이 있다는 것을 잘 알고 있었다. 하지만 은하와 동수 사이에는 아이까지 지웠던 경험이 있었기 때문에 더욱 헤어진다는 것은 생각하기도 싫었다.

*

결혼 직후 동수와 명지는 명륜동에 신혼살림을 차렸다. 동수도 장인의 힘으로 한국은행 서울 본점으로 이동하였다. 은하와 동수는 완전히 연락이 두절되었다. 동수는 서울로 전근 오면서 은행 업무에 바빴고 직장에서 승승장구하는 나날에 취해 은하를 잊을 수 있었다. 아니, 은하를 잊기 위해 더욱 열심히 일했다. 이제 부장으로 승진한 지 오래되었고 시간적 정신적으로 여유가 있게 되었다. 가끔 퇴근 때 남대문에 있는 본점에서 인사동에 있는 아내의 갤러리까지 운동 삼아 걸어가면 문득문득 삼청공원에서 은하와 보냈던 추억이 떠올랐다.

명지는 한창 성장하고 있는 갤러리 일에 바빠 동수가 퇴근 때 찾아가도, 유명한 미술계 인사들을 만나러 나가고 자리에 없을 때가 대부분이었다. 아내가 없을 때는 전시된 작품들 앞에서 서성이다가, 갤러리를 나와 삼청공원까지 걸어가며 은하와 나눴던 이야기들을 회상하거나 함께 불렀던 노래를 흥얼거리는 것이 버릇이 되어 버렸다. 아내는 집안일도 파출부 아줌마에게 맡기고 저녁 늦게 술에 취해 집에 들어오는 날이 많았다. 가끔 집에 들어오지 않기도 했다. 밤을 새워 전시회 준비를 하고 한잔하다 보니 늦어서 친구들과 함께 잤다고 했다. 때로는 무슨 해외 유명한 미술관 순례를 간다고 며칠씩 집을 비웠다.

동수는 집에 혼자 있는 날에는 술을 자주 마셨고, 술에 취해 잠든 밤에는 꿈속에서 언뜻언뜻 은하의 소파 수술 때 피를 흘리며 죽어간 아이의 울음소리가 들려왔다. 동수는 은하와 죽어간 아이에 대한 죄책감과 부인 명지의 무관심으로 방황이 극심하여 술에 젖어 살다시피 했다. 명예퇴직하게 된 것은 간암 말기 판정을 받고 나서, 자신의 지난 삶을 속죄하는 마음으로 남은 시간을 보내고 싶었기 때문이었다.

명예퇴직이 확정된 날 동수는 아내와 함께 삼청동에 있는 더 레스토랑에서 저녁 식사를 하게 되었다. 아내는 동수가 몸이 아픈 것도 모르고 있었다. 다정다감한 가정주부와는 거리가 멀었다. 더구나 이제는 우리나라에서는 제법 큰 갤러리로 알려져 더욱 바빠, 남편에게 신경 쓸 시간적 정신적 여유가 없었다.

"당신 왜 명예퇴직했어? 이제 나이 오십밖에 안 되었는데, 앞으로 뭐 하려고?"

"지겨운 은행 생활 25년이면 됐지, 이제 가고 싶은 곳 가기도 하고, 보고 싶은 것 보기도 하고, 하고 싶은 것 하기도 하려고……."

"좋은 생각이긴 하네. 세상살이 뭐 별거 있나? 하고 싶은 것 다 하고 살다 가야 후회가 없지."

"이제 집에 붙어 있을 날도 별로 없을지도 모르겠어. 사진기를 둘러메고 이곳저곳 돌아다녀야겠어. 집에 안 들어와도 찾지 마."

"뭐, 내가 언제 당신 들락거리는 거 간섭했나. 내 할 일도 바쁜데. 알아서 하시우."

"아무래도 그렇지. 남편에게 그렇게 무관심할 수 있어?"

"내가 언제 무관심했다고……. 당신도 잘 알잖아. 우리 갤러리를 지금처럼 유명한 갤러리로 만들기 위해 얼마나 내가 고생을 했는지. 나는 갤러리 운영에 큰 보람과 자부심을 느끼고 있어. 당신도 이제 멋진 사업이나 보람 있는 일을 찾아봐. 아니면 내 갤러리 일을 좀 도와주던가."

"나는 갤러리 일에는 별 흥미 없어. 내 어릴 적 꿈은 이 세상 내가 밟지 않은 땅이 없어야 한다고 생각했었거든. 이곳저곳 돌아다니며 사진을 열심히 찍을게. 나중에 당신 갤러리에서 거창하게 내 사진 전시회나 열어 줘."

"그것도 좋은 생각이네. 내가 전시회는 열어 줄 테니까, 멋있는 사진 많이 찍어 봐."

"명작을 기대해. 요즘은 잘 찍은 사진도 몇억씩 값이 나간다며. 얼마 전에 뉴스에서 보니 70억 원짜리 사진도 있다던데."

"호주의 사진작가 피터 릭의 사진 「유령」이 미국 라스베가스 경매장에서 650만 달러에 거래되었지. 우리 갤러리에서 1억 원을 주고 구입한 한국 작가 사진도 있어. 그 작가가 죽으면 가격이 엄청나게 뛰겠지. 그림이나 사진이나 유명작가의 작품은 죽으면 몇 배로 뛰니까 투자하는 거야."

"나야 그냥 취미로 찍는 거지. 뭐 팔리는 사진 찍으려면 그거

스트레스야."

"자본주의 사회에서는 예술을 하든 뭘 하든 돈과 연관 지어 생각해야 해."

"화가도 사진작가도 전시회에서 안 팔리면 엄청 스트레스받는다고 하더군."

"뭐는 안 그러나. 회사에서 만든 제품도 안 팔리면 망하는 것이고, 은행에서도 직원 실적에 금융상품 판매도 반영되잖아. 이 세상은 뭐든지 돈으로 계산되는 시대야. 사람값도."

"하긴. 운동선수들 몸값도 엄청나더군. 내 몸값은 얼마나 할까?"

"당신 나이에……. 글쎄 중고 시장에 돈을 얹어 내놓아도 여자들에게는 안 팔릴걸? 아냐, 한국은행에서 축적한 업무 경험이 많으니까, 중소기업으로 가면 제법 값을 쳐 줄 수도 있겠네."

"이제 돈 버는 일은 하지 않을 거야. 당분간은 여유롭게 나를 돌아보는 시간을 갖고 싶어."

"그러슈. 당신이 돈을 번다고 해서 얼마나 큰돈을 벌겠수."

*

동수는 명예퇴직한 후에 세계여행을 떠난 것이 아니라 거의 매일 술에 취해, 결혼 전 사귀었던 은하와 함께했던 추억이 어린 장소들을 찾아다녔다. 광화문 연다방에서 차를 마시고, 근처 술집을 전전하다가 비틀거리며 삼청공원을 찾는 게 일상이었다. 아직도 연다방 건너편에는 은하가 근무하던 세무사 사무실이 있다. 은하가 퇴근하기를 기다렸다가 함께 청진동에서 식사하고 삼청공원까지 걷기도 했었다. 특히, 보름달이 뜨는 날이면 동수는 어김없이 삼청공원을 찾았다. 은하와 함께 기타를 치며 부르던 「꽃반지 끼고」를 흥얼거리며 삼청공원에 오르는 낙으로 살았다.

어느 날 고등학교 친구들과 어울려 밤늦게 술을 마시고 신세한탄을 한 적이 있었는데, 심리상담실을 운영하는 친구에게서 명지와 어울리지 못하는 이유를 반신반의하면서 들은 적이 있었다.

그 친구 말의 요지는, 인간에게는 의식과 무의식이 있고, 무의식에는 집단무의식과 개인무의식이 있는데 이러한 무의식이 사람들의 생각과 행동을 좌지우지한다는 것이다. 집단무의식에는 인류역사가 시작되면서부터 쌓여온 경험들이 축적되어 있고, 개인무의식에는 개인이 태어난 이후 축적된 경험들이 쌓여 있다는 것이다. 특히 유년 시절의 체험은 일생을 좌우하는데, 가난한 시골에서 태어나 고등학교 때까지 보낸 동수의 가족문화와 부잣집에서 자란 명지의 가족 문화가 이질적이어서 평생 불편한 동거를 할 수밖에 없다는 것이다. 성격상 결혼생활이 원만하지 못하다고 이야기하는 경우가 대부분, 두 사람 가족문화의 차이 때문이라는 결론이있다. 동수 자기는 은하를 만났어야 행복했을 것이라는 생각이 들었다.

간간이 진우를 통해 은하의 소식을 듣곤 했다. 진우의 전언에 의하면, 은하는 결혼 후 가정주부의 역할을 충실히 하고 있으며, 속죄하는 마음으로 세무사 사무실을 운영하는 남편을 항상 하늘처럼 받들며 아이들도 보석처럼 사랑으로 잘 키우고 있는 현모양처가 되었다는 것이다. 진정한 가톨릭 신자로, 과거 일은 신부에게 수시로 고해성사를 하며 살고 있다고 한다.

  결혼식 이후로 동수와 은하는 전혀 만난 적이 없었다. 동수는 은하를 만나려 한다는 것은 두 번 죄를 짓는 것으로 생각해서, 기억 속에서 모든 것을 지우려고 노력하면서 살았다. 그러한 노력이 오히려, 중병으로 명예퇴직을 하고 가정에서 행복을 얻지 못하자, 술에 절어 살도록 내몰았는지도 모른다.

  동수는 일기장을 정리하고 몇몇 지인들에게 편지도 써서 부치고, 삼청동 금융연수원 부근에 있는 옛 하숙집을 찾았다. 아직도 그 집은 하숙을 치고 있었고, 기와집으로 잘 수리가 되어 있었으나 옛 모습은 남아 있었다. 당시 중년이었던 옛 주인은 늙은 할멈이 되었고 은하 친구였던 그 딸은 시집가고 없었다.

  동수는 하숙집 주인과 이야기하던 중, 통증을 느껴 진통제를 먹고 삼청공원으로 올랐다. 작은 일기장을 들고 정장을 한 채 소나무 옆 긴 의자에 앉았다. 옛날에 있었던 출입금지 철조망은 없어져 어디에서 은하와 첫 경험을 했는지 자리를 알 수 없었다. 다만 큰 소나무가 아직 있는 것을 보면 그 부근인 것은 틀림없었다. 그때는 오솔길밖에 없었고 사람들의 출입도 금지되어 있었는데, 이제 삼청공원 주변에는 산책로가 잘 닦여져 있다.

복수초 꽃말

소혜는 커튼을 툭툭 쳐 햇살을 털어내고는 창문을 가린다. 나른한 무의식이 기지개를 켜며 살며시 고개를 내밀고 있는 오후 2시, 창문 앞에 놓여 있는 어항을 들여다보다가 소스라치게 놀란다. 갑자기 눈물이 핑 돈다. 허여멀겋게 부르튼 배때기를 위로 쳐들고 구피 한 마리가 둥둥 떠 있는 것이다. 보일 듯 말 듯한 새끼 여러 마리가 무심히 주위를 헤엄치고 있다.

어머니가 삼 년 전 한강에 투신했는데, 강물로 뛰어든 후 며칠 지나서야 시신이 강둑으로 인양되었다. 물에 퉁퉁 불은 어머니를 보고는 아무런 슬픔을 느끼지 못했다. 그런데 오늘 죽은 구피를 보고 눈물이 솟구치는 자신을 이해할 수 없다.

그녀는 대가족 속에서 자랐다. 태어났을 때 아버지는 육군에 장교로 근무하고 있었고 어머니는 농촌에서 농사일에 매여 있었다. 할머니 손에 자라다시피 했다. 홍성에서 고등학교를 졸업하고 서울에 있는 미술대학에 진학할 때도 혼자 결정하고 혼자 시험을 보러 상경하였다.

대학 4학년 마지막 학기 때 교직 과목의 하나인 교육심리를 수강했을 때 교수님에게서 얼핏 들은 말이 생각났다.

"혹시 여러분들 중에 저와 가까워지고 싶은데 용기가 없어 다가오지 못하고 있는 사람 있나요? 멋진 이성을 보고도 접근하지 못하고 망설이는 사람 있으면, 먼저 과

감히 다가가세요. 심리학 용어에 '친밀감에 대한 두려움'이라는 게 있지요. 여러분이 사귀고 싶은 사람에게 선뜻 다가가지 못하는 것은, 혹시 거절당해 상처를 입을까 하는 두려움 때문입니다. 본인도 알 수 없는 아주 어렸을 때 거절당한 경험이 무의식의 창고 속에 보관되어 있으면서 의식을 지배하기 때문이랍니다."

사실 그 교수님 말씀 덕분에 지금 남편을 만난 것이다. 남편은 대학 4학년 때 만났다. 비록 나이는 두 살 아래지만 얌전하고, 많은 여성이 눈길을 줄 정도로 잘 생겼다. 홍성에서 함께 자란 동네 후배다. 어릴 때는 동생쯤으로 생각하고 무심했으나, 대학에 진학하여 향우회에서 다시 만날 기회가 있었고, 마침 심리학 교수님 말씀도 있었겠다 소혜가 먼저 사귀자고 다가간 것이었다. 남편은 기계공학을 전공하고 소혜는 미술을 전공하여 전혀 나가는 방향은 달랐지만, 오히려 그것이 서로에게 흥미로운 관심사가 되어, 만나면 할 이야기가 많았다.

결혼 후 남편은 대기업에 다니다가 거기서 부품 하청을 맡아 독립하는 바람에 안정적으로 사업이 잘되는 편이다. 경제적인 여유가 넘치는 소혜에게 단 하나 흠이 있다면 자식이 없는 것이다.

불임 원인은 소혜에게 있다. 대학 2학년 때 임신중절 수술을 한 것이 부작용을 일으켰기 때문이다. 물론 그녀 외에는 아무도 불임 원인을 알지 못한다. 2학년 여름 방학에, 동아리에서 미술 실기 여행을 갔을 때, 수덕사 민박집에서 첫 경험했던 재훈이 가끔 꿈속에서 웃고 있다가 사라지곤 했는데 그때마다 패주고 싶은 생각이 불끈거렸지만 한 번도 만난 적이 없다.

충청도 양반의 장손이라고 늘 입버릇처럼 강조하던 시부모님은 이제 손주에 대한 기대는 포기하고 아들 내외를 편하게 해주려고 애쓴다. 차라리 며느리 탓을 하면 부담이 덜 되련만, 오히려 위로해 주시기 때문에 뵐 면목이 없어 시골에도 자주 가지 못한다.

남편도 속은 알 수는 없지만, 겉으로는 자식이 없는 것을 서운해하지 않는다. 오히려 아내 마음을 위로해 주고 있다. 성운은 아내를 귀찮을 정도도 사랑한다. 어떨 때는 사랑이라기보다 집착에 가까운 것 같은 의심이 들 때가 많다. 그러나 소혜 자신은 남편을 사랑하고 있는 것 같지도 않다. 성관계조차도 습관적이랄까. 살아오면서 누구를 못 견디게 좋아했다거나 사랑해 본 기억이 전혀 없다. 시간적인 여유가 많은데도 별다른 친구가 없다. 혼자 그림 그리는 것이 큰 낙이다. 가끔 남편에게서 전화가 온다.

"여보세요?"

"음, 나야. 당신 오늘도 또 그림만 붙들고 있는 거야? 밖에 나가서 사람도 만나고 친구들과 바람도 좀 쐬고 그래. 당신은 너무 집 안에서만 혼자 있어서 문제야. 건강에도 좋지 않아요. 처음에는 어색하겠지만 자주 마음을 열다 보면 당신을 즐겁게 해줄 일들이 많을 거야."

"네."

그런 소혜가 태오를 만나기 시작하면서부터 뭔가 다른 것을 느끼고 있다. 둘은 전시회와 음악회를 자주 함께 가면서 즐거움을 공유하게 된 것이다. 저녁을 먹고 밤늦도록 함께 시간을 보내는 행복도 크다. 그런데 태오가 시도하는 스킨십은 그렇게 싫을 수가 없다. 한 시도 보지 않으면 안달이 나고, 달려가고 싶고, 모든 것을 다 주고 싶지만, 막상 만나면 어쩐지 손을 잡는 것조차 어설펐다. 키스를 할 분위기에도 그의 입을 손으로 가로막아 태오가 많이 섭섭해했다.

*

대학 2학년 여름 방학 때 동아리에서 수덕사로 3박 4일 그림 실습 여행을 갔었다. 매년 여름 방학이 시작되면 서양화반 동아리는 그림 여행을 떠나는 것이 전통이었다.

도착 첫째 날은 이것저것 터를 잡고, 둘째 날부터는 하루 내내 수덕사 주위에서 그림을 그렸다. 숙소는 수덕사에서 조금 떨어진 민박집 방을 두 개 빌렸다. 마지막 날 저녁에 절밥을 얻어먹고 숙소로 돌아왔으나 뭔가 허전했다. 일행은 숙소에서 조금 떨어진 곳에서 파전에 동동주를 마시고 숙소로 돌아와서 그림 이야기에 열을 올렸다. 동아리 회장인 4학년 선배 하은과 3학년 남학생 둘, 2학년 여학생 둘이 전부였다. 모두 개방적이었지만 특히 졸업반인 하은은 활달하고 카리스마가 대단했다. 1학기 때 미술학회 주제였던 현대미술, 특히 행위예술에 관한 이야기가 화제였다.

"사람은 감각으로 받아들이는 것이 가장 빠르고 직접적이지.

그래서 시각예술이 항상 모든 예술을 선도해 가거든. 아무리 난해하고 추상적인 그림이라 하더라도 다른 예술보다 관객들이 더 잘 받아들이는 장점이 있는 거야."

"그런데 요즘 너도나도 행위예술이라고 설쳐대니 식상한 것 같아요. 누가 뭐 좀 해서 잘 된다 싶으면 우우 몰려들어 난리들이죠. 새로운 것은 하나도 없고 다 그게 그건데……."

"어떤 화가는 몸에 물감을 칠해서 캔버스에 찍기도 하고, 유명한 그림을 사서는 그 위에 흰색을 덧칠해서 하얀 캔버스를 그대로 전시회에 거는 화가도 있고, 어떤 여류화가는 자기 성기에 그림 붓을 끼워 그림을 그리기도 하고……. 어디까지 갈지 모르겠어요. 나도 잘 그려지지 않을 때는 기발한 아이디어라도 떠오르면 좋겠는데……."

"아무리 기발한 아이디어라 해도 기본 바탕이 되어 있지 않으면 장난이지 예술이 아니야. 캔버스에 페인트를 아무렇게나 뿌려대는 잭슨 폴록도 정통으로 미술을 배웠던 사람이거든."

"잭슨 폴록의 흩뿌리기는 1920년대와 30년대 유럽에서 유행했던 초현실주의 기법을 미술에 활용한 것이라던데요."

"미술이든, 문학이든, 음악이든 나름대로 확고한 예술관, 말하자면 예술철학이랄까. 그리고 자신만의 독특한 기법이 없으면, 운이 좋아 한때 예술계의 태풍이 될 수 있을지언정 클래식은 될 수 없는 거지. 그 사라짐이 한순간이야."

"그런 예술가들이 우리 주변에도 참 많은 것 같아요."

"요즘 보디페인팅, 행위예술이라는 것이 자주 눈에 띄는데, 비전문가들의 눈에는 신기하나 전문가의 눈에는 천박한 것들이 적지 않아."

"우리가 보디페인팅을 하면 제대로 예술이 되겠네요. 히히."

남학생 하나가 혼잣말처럼 중얼거렸다.

"우리 한번 시도해 볼까?"

4학년 하은 선배가 정색하며 붓을 들어 소혜 얼굴에 그림을 그렸다. 자기 팔뚝에도 색칠을 했다.

"야, 너희들도 붓을 들고 상대방 얼굴에 그림을 그려봐."

갑자기 선배가 주섬주섬 옷을 벗었다. 모두 의아해서 유심히 바라보고 있었다. 몸매도 굴곡이 확실하고 살결도 투명하게 하얗다. 남학생들은 눈이 휘둥그레졌다.

"야 임마, 나만 보고 있지 말고 너희들도 벗어. 그리고 서로 상대방 몸을 캔버스라고 생각하고 생각나는 대로 그림을 그려봐."

하은 선배는 자주 보디 페인팅을 하는 것 같았다. 옷을 벗고 자기 몸에 그림을 그리는 것이 스스럼이 없었다. 소혜가 옷 벗기를 망설이고 있자, 선배는 붓에 물감을 묻혀 소혜의 옷에 칠하려 했다. 마지못해 소혜도 옷을 벗었다. 모두가 다 벌거벗었다. 어색했지만 선배의 지시에 따라 서로 짝을 맞춰 얼굴부터 여러 가지 색을 칠해 나갔다. 선배는 네 명 모두에게 돌아가며 칠을 했다.

소혜는 키가 작고 얌전한 재훈이라는 남학생과 짝이 되었다. 얼굴부터 서로 한 번씩 교대로 칠해 주었다. 간지럽기도 하여 키득거렸으나 점차 젖가슴으로 내려가니 짜릿함이 온몸으로 퍼져

갔다. 재훈이 그녀의 배꼽 부분에 색을 칠하자 성감대를 건드렸는지 온몸에 짜릿한 전율이 느껴졌다. 몸속 어딘가에 꼭꼭 밀봉되었던 욕망이 자신도 모르게 풀려나 지렁이처럼 꿈틀거렸다. 소혜도 용기를 내어 불끈 솟아오른 재훈의 성기에 붓으로 분홍물감을 칠했다.

　소혜가 재훈의 성기 귀두에 붓질을 하자 낮은 신음을 하더니 붓을 바닥에 던져 버리고는 소혜를 안고 그대로 삽입해 버렸다. 전광석화 같았다. 성기가 유화물감으로 미끈거려서 그냥 저항 없이 삽입된 것이었다. 소혜는 아연실색을 하였으나 몸 한구석에서 흥분의 파도가 일었다. 이미 옆에 있는 애들도 한 몸으로 뒹굴고 있었다. 바닥에 누워 소혜도 얼떨결에 좀 아프기는 했지만 몸을 맡길 수밖에 없는 상황이었다. 조금 후 재훈이 사정을 하고 빠져나가자 비로소 소혜는 정신이 들었다. 엎어져서 울었다. 선배는 멍하니 서서 네 명의 후배들이 눕거나 엎어져 있는 것을 바라보고 있었다. 몸에는 여러 가지 색깔들이 화려하게 칠해져 있었다. 얼마가 지났을까 선배가 스케치북을 한 장씩 뜯어 다섯 사람의 성기 부분을 꾹 눌러 벽 위에 테이프로 붙여 놓았다.

　물감과 체액들이 엉켜서는 그럴듯한 추상화가 되었다. 소혜의 성기를 눌러 뜬 탁본에는 분홍빛 물감과 푸른빛 물감이 묘하게 섞여 있는 데다 약간의 핏기가 묻어 있었다. 그녀는 첫 경험이었다. 그녀의 그림은 '형상-1'이라고 선배가 이름을 붙였다. 다른 친구들도 모두 일련번호로 형상-2, 형상-3, 형상-4 그리고 선배 자신의 성기 탁본은 형상-5라고 스케치북 뒤에 빨간 색깔의 그림 붓으로 제목을 썼다.

　친구들은 그저 선배가 하는 대로 보고 있을 수밖에 없었다. 하은을 제외하고는 모두 어쩌면 공황상태라고 해야 할지. 선배가 자기 몸에 물감을 칠하고 캔버스에 찍은 그림을 전시한 적이 있다는 말을 들은 기억이 소혜에게 어렴풋이 떠올랐다. 그때는 설마 하며 별다른 생각을 하지 않았으나 오늘 선배의 태도로 보아 자주 있었던 것이 분명했다.

　수덕사에서 그 일이 있고 난 뒤, 소혜는 몸에 이상이 생겼다. 망설이다가 3개월이 다 되었을 때 산부인과에 가서 진찰한 결과 임신이었다. 재훈에게 그 사실을 알렸으나 그도 어쩔 바를 몰랐다. 재훈은 그 후로 학교에 나오지도 않았고 얼마 있어 군에 자원입대했다는 소식만 들려왔다. 할 수 없이 망설이다가 소혜 혼자 변두리 산부인과에 가서 소파 수술을 받았는데 그 부작용이 커서 오래 혼자 끙끙거리며 고생한 적이 있었다. 그 영향으로 성적도 형편없었고 겨우 낙제만 면한 채 졸업을 하게 되었다.

　동아리 회장인 하은 선배는 그해 가을 동아리 정기 전시회 때 수덕사에서 성기 탁본한 다섯 장 모두 전시했다. 그림마다 형상-1, 형상-2, 형상-3, 형상-4, 형상-5라는 제목이 붙어 있었고 팸플릿까지 만들어 배포했다. 물론 그 그림이 만들어진 사연은 다섯 명 외에는 아무도 알 수 없었다. 소혜를 비롯해 후배들은 반대했지만, 그 목소리는 선배의 카리스마에 눌렸다. 그리고 무엇보다 구체적으로 설명하지 않으면 그저 단순한 추상화에 지나지 않아 당사자 외에는 그 사연을 알 길이 없었기 때문에 가능

했던 것이었다. 소혜는 그 그림을 이사하는 동안 분실했지만, 당시 전시회 팸플릿만은 아직도 가지고 있다. 언젠가 재훈을 만나면 그 그림을 보여 주고, 뺨을 한 대 시원하게 갈겨 주겠다는 생각으로 보관했다.

*

딱 삼 년 전 오늘이다. 태오와 소혜의 만남은 우연이었다. 태오가 자주 말하는 것처럼 이들은 전생에 이웃집에서 살았는지도 모른다. 그는 자기가 맘에 드는 사람들만 보면 전생에서 자기와 같은 마을에 살았다고 너스레를 떤다.

태오가 잘 알고 있는 화가 이종이 강남에 있는 갤러리현대에서 전시회를 하고 있을 때였다. 이종은 자기 도록을 산 고객들에게 친필사인과 함께 간단한 그림을 그려주고 있었다. 대학에서 미술을 전공한 소혜는 그의 그림을 좋아하는 팬이었다. 그녀가 관람을 마치고 도록을 사서 친필 사인을 받으려고 줄을 서서 기다리는데, 태오가 그녀 어깨를 툭툭 치며 휴대전화를 건네주었다. 그녀가 조금 전 갤러리에 있는 의자에 앉아 거울을 찾느라고 가방을 뒤적일 때, 휴대전화가 의자에 떨어진 것을 모르고 있었다. 마침 태오가 옆 의자에 앉아 있다가 휴대전화를 주워서 그녀에게 건네주는 것이었다.

"어머, 감사합니다. 제가 그만 휴대전화를 분실한 줄도 모르고 있었네요."

"휴대전화는 미끄러워 잘 빠져나갑니다."

"잘 어울리는 한 쌍이구먼."

두 사람이 휴대전화를 주고받으며 대화를 하고 있을 때, 마침 그녀가 사인을 받을 차례가 되었다. 태오를 잘 알고 있는 이종 화백이 그들을 보고 농담을 건넸다.

"형님도 원……. 처음 보는 분이에요."

"인연이란 다 그렇게 우연히 만들어지는 거야. 잘 해 보슈."

"어머나! 선생님, 저 남편 있어요."

소혜는 당황해하며 사인을 하고 있는 이종 화백에게 웃는 듯 눈을 흘기면서도, 그 농담이 어쩐지 싫지가 않았다.

"누가 결혼했는지 물었수? 저 친구도 유부남이우."

그런 인연으로 이종 화백의 작품 전시회가 있을 때는 서로 연락해서 함께 가곤 했다. 봄가을에 전국 화랑들이 코엑스에서 열고 있는 전시회에서는 항상 그의 그림을 볼 수 있을 정도로 제법 유명한 화가 축에 든다.

메이플라워 호텔 헬스클럽 VIP 멤버인 태오는 미술을 좋아하는 소설가다. 이 호텔 로비에 있는 대형 벽화를 그린 이종 화백과 잘 아는 사이였고, 그가 이 호텔에 와서 그림을 그리기 위해 장기 투숙하는 동안에 자주 만나 커피도 마셨다. 이 호텔 사장은 이종 화백과 친구여서 특별히 넓은 작업실을 마련해 주고 언제든 필요하면 사용하도록 배려했다. 그 대신 이종 화백은 이 호텔에 걸린 크고 작은 그림을 많이 그려주었다. 화풍이 매우 밝아서 호텔의 분위기를 좋게 만들어 주었기 때문에 사장도 그의 그림을 좋아했다. 이종 화백의 성격이 원래 쾌활하고 낙천적이어서 그 성격이 그림에 잘 묻어났다. 이 세상에 살면 얼마나 산다고 어둡고 침침한 그림을 그리겠느냐고 늘 입버릇처럼 말하는 르누아르 팬이다. 검은 물감은 아예 그의 화구에서 사라진 지 오래다.

태오와 소혜는 이종 화백의 큰 벽화가 걸려있는 메이플라워 호텔 커피숍을 자주 찾게 되었고, 마치 전생에 함께 살던 오누이처럼 둘은 급속히 가까워졌다. 만나면 언제나 예술에 관한 담론들이 즐겨 오갔다.

"요즘 소설이나 시를 읽어주는 사람이 없어 고민이야."

"내용이 어렵거나 재미가 없어서겠지요."

"어렵고 재미없다?"

"요즘 미술도 공부한 사람이나 이해할 수 있지, 보통사람들은 접근하기가 무척 어려워졌어요."

"문학도 마찬가지야. 평론가나 문학도나 혹은 무슨 목적이 있는 사람들이나 읽는 거 같아. 소위 예술가라는 내 친구 한 녀석은 요즘 소설을 읽으려고 첫 장을 들추자마자 머리에 쥐가 난다고 하더군. 요즘은 가볍고 재미있는 게 너무도 많아. 애써서 어려운 것에서 즐거움을 찾으려고 할 필요도 없거든."

"저도 선생님 소설을 읽어 보려고 인내심을 발휘해보지만, 그림처럼 명확히 머리에 그려지지 않아요."

"하하하, 엉터리 소설가란 이야기네. 오늘 소혜에게 크게 얻어맞았다."

"저야 소설이 뭔지도 모르니까요. 글자가 빽빽한 그런 책을 대하면 딱 질색이랍니다. 공부는 제 체질이 아니에요."

"소혜를 위해서 첫 페이지를 읽자마자 그림이 확실히 그려지는 그런 글을 써야겠네."

"저같이 원래 책하고 담쌓은 사람은 별루 없을 거니까 신경 쓰지 마세요."

"아냐. 소혜 말이 맞는 거 같아. 첫 페이지를 읽자마자 우선 그게 추상화든 구상화든 분명하게 그림으로 그려져야 그때부터 비로소 차근차근 읽을 마음이 들 거야."

"맞아요. 현대인은 인내심이 부족해요. 워낙 스피드 시대에 살고 있으니까. 옛날처럼 소설가나 시인이 아니라도 문학작품을 즐겨 읽었던 시대는 지나간 거 같아요. 무엇보다 그런 좋은 작품들이 없는 것이 아닐까요?"

"아마도 미술이나 음악은 직접 우리 감정에 호소하기 때문에 잘 받아들여지는데, 소설이나 시는 일단 문자를 통해 우리 두뇌에 입력된 후, 머리와 가슴에서 해석하는 과정을 거쳐 받아들여지기 때문일 거야."

"그런 거 같아요. 음악은 가사가 해석될 수 없어도 음이 좋으면 받아들여지거든요. 얼마 전 FM 93.1에서 바하의 「칸타타」를 들려주면서, 해설가가 '성악가가 독일말로 노래하기 때문에 다행'이라고 말한 적이 있었어요. 성경에 충실한 가사 내용을 알게 되면 비종교인은 그 곡의 맛을 제대로 느낄 수 없을 거라면서요."

"글로 된 메시지가 중요한 것이 아니고 소리가 중요하다는 얘기겠지. 음악과 미술은 문자를 통하지 않고도 충분히 인간의 지각과 사고를 움직여 많은 즐거움을 줄 수 있거든."

"소설 쓰시지 말고 저하고 그림이나 그리세요."

"소설 쓰지 말라……. 거짓말하지 말라는 이야기야? 아니면 소설을 쓰지 말라는 이야기야?"

"그림을 그리시면 저와 같은 미인과 자주 만날 수 있는 기쁨도 있고……."

"하하 그럴듯한 유혹이네."

"저 같은 미인과 친구 할 수 있는 행운이 아무에게나 있는 것은 아니죠."

"글쎄……. 내가 왜 소설을 쓰지?"

"독자들에게 하고 싶은 이야기가 많아서 쓰시는 거 아녀요?"

"아냐, 나는 나에게 하고 싶은 이야기를 쓰려고 하거든. 그래서 독자들이 재미없다고 읽지 않는가?"

"예술의 전당에서 '정신분석과 예술'이라는 강의를 들을 적이 있어요. 독자가 어떤 내용을 접할 때 그것이 부정적 무의식을 자극하는 내용이면 거부감을 느낀다고 해요. 방어기제가 작용하는 것이기 때문이라네요."

"맞아. 아무리 훌륭한 소설이라도 독자에 따라 거부감을 느끼기도 한다는 말이 맞는 거 같아. 극단적으로 말하면 모두에게 좋은 소설이란 존재하지 않는다는 거지. 작가는 어떤 독자나 평론가가 비판을 해댄다 하더라도 괘념할 것이 못 된다는 말이야. 왜냐면 그들의 무의식을 건드려 방어기제를 작동하게 했기 때문에 비난할 수도 있으니까. 역으로 별로 가치 없는 작품일지라도 읽는 사람의 무의식에서 호의적인 반응을 얻을 수 있다면, 찬사를 아끼지 않는 평을 할 수도 있거든.

"그날 강사님이 강조하시기를, 모든 예술이 예술가의 무의식에서 나온 결과물이래요."

"개인 무의식보다도 집단 무의식에 호소하는 작품이 오랫동안 베스트셀러가 될 수 있다고 하더군. 그래서 신화나 역사에서 소재를 찾는 것이 흥행할 가능성이 크다는 거야. 물론 작가가 현대의 시각으로 재해석해서 제시해야 하겠지만."

*

소혜는 연하의 남편과 성생활도 별다른 문제가 없다. 그런데 태오와는 왜 마음은 불같은데 몸은 냉랭해지는지 알 수 없었다. 그저 함께 있으면 아늑하고 포근한 마음이 들 뿐 포옹이나 키스는 마음이 당기지 않았다. 그렇다고 자신이 정숙한 여자라는 생각은 전혀 없다.

소혜가 키스는 물론 손을 잡고 다니는 것도 싫어하자 태오가 삐져서 요즘은 자주 만나주지도 않는다. 그런데 보고 싶다. 달려가고 싶다. 모든 것을 주고 싶다. 캔버스에 그림을 그리고 있는 내내 태오의 얼굴이 아른거린다. 핸드폰에 문자가 뜰까, 카톡이 울릴까. 그녀는 하루에도 몇 번씩 들여다본다.

"구피야 오늘은 왜 이리 간절히 태오 쌤 생각이 나는지 모르겠다. 네가 죽어 있는 모습을 보니 언젠가 나도 너처럼 이 세상을 떠나겠지. 떠나기 전에 황홀한 사랑 하나 챙겨가고 싶은데 나는 어쩌면 좋으니…….”

어항에 죽어서 둥둥 떠 있는 구피를 건져낼 생각도 하지 않고 바라보고 있으면서 살아 있는 사람에게 이야기하듯 중얼거린다.

이때 '이루마'가 연주하는 「River Flows in You」의 피아노 선율이 가라앉은 오후의 적막을 깨뜨린다. 핸드폰에서 울리는 소리다. 태오의 전화다.

"양반은 못 되는군. 그렇지 구피야? 자기 생각을 하고 있는데 전화가 온 걸 보니."

이루마의 피아노곡은 작년 이맘때쯤 메이플라워 호텔 커피숍에서 들었던 음악이다. 그때 들었던 피아노 선율이 마음에 꽂혀, 전화가 올 때마다 핸드폰에서 흘러나오도록 해둔 것이다.

태오와 소혜가 무슨 일로 말다툼을 해서 서로 어색하게 앉아 있을 때, 화제가 궁했는데 태오가 이 음악이 들리자, '이루마'에 대한 이야기를 들려주었다. 이루지, 이루다 두 누님이 있다는 이야기. 다섯 살부터 피아노를 시작한 천재 소년이라는 이야기. 무엇보다 이 음악을 함께 들으면 뭔가 이루어진다는 자신의 해설까지 곁들였다.

핸드폰에서 울려 나오는 피아노 소리에 잠시 옛날 생각에 잠겼다가, 아차 싶어 서둘러 전화를 받는다.

"쌤께서 어쩐 일루 전화 주셨나요?"

기다리고 기다리던 전화가 왔으나 짐짓 퉁명스럽게 받는다.

"소혜씨, 제 목소리 뒤에서 울리는 이루마의 피아노 소리가 들리나요? 지금 FM 93.1에서 방송하고 있어요. 우리가 처음 이 음악을 들었던 곳에서 차 한잔해요."

"글쎄요. 좀 바쁘긴 하지만 쌤께서 오랜만에 데이트 신청을 하시는데 받아들여야겠죠?"

침울했던 오후가 생기를 머금고 부산하게 소혜를 몰아가고 있다. 소혜는 어떤 옷을 입을까 옷장을 열고 이 옷 저 옷 뒤적인다. 태오는 붉은 산호색 옷을 좋아한다. 그녀는 남편과 외출할 때보다 태오를 만날 때 더 옷에 신경을 쓴다. 남편은 무슨 색의 옷을 좋아하는지 소혜는 생각이 나지 않는다. 남편은 항상 과묵한 엔지니어여서 그녀가 어떤 옷을 입어도 좋고 나쁘다는 반응이 별로 없어 가끔 다투기도 한다.

"아냐 그러면 못쓰지. 남친 취향에는 예민하고 남편 취향을 모른다면 아내로서 좀 너무하지. 그래, 남편은 짙은 가지색을 좋아한다고 하자."

소혜는 며칠 전 현대백화점에서 구입한 옅은 산호색 블라우스 위에 짙은 가지색 정장을 걸쳐 입으며 남편에 대한 미안함을 얼버무린다.

오늘따라 해외 출장을 간 남편이 두고 간 차를 몰고 메이플라워 호텔로 향한다. 둘은 별다른 이야기가 없으면 언제나 그 호텔 커피숍에서 만나는 것으로 정해져 있다. 소혜가 그곳을 좋아하는 이유는 태오와 인연을 맺게 된 계기를 만들어 준 이종 화백의 벽화가 한쪽 면을 가득 채우고 있기 때문이다.

벽화에는 메이플라워 호텔이 유머러스한 낙원처럼 그려져 있다. 그림 속에서 리드미컬하게 흔들거리는 호텔 건물 주위 골프장에는 남녀가 골프를 치고 있고 사슴도 있고, 개도 있고, 연못도 있다. 그런데 하늘에는 물고기가 떠 있다. 연못을 벗어난 물고기. 그림 분위기는 낙원 같은 데 하늘에 떠 있는 물고기는 행복할까? 아니면 어떤 생각으로 그린 것일까? 소혜는 이 벽화를 볼 때마다 낙원을 상상하면서도 알 수 없는 슬픔이 일곤 했다.

커피숍에 들어서니 태오가 그 벽화를 유심히 들여다보며 무슨 생각엔가 골똘히 잠겨 있다.

"따뜻한 초봄에 저 벽화를 보니 유토피아 같네. 더구나 오랜만에 아름다운 소혜씨를 보니 더욱……."

"아직 날씨가 쌀쌀한데요, 뭐……. 따뜻한 봄이라니……. 봄에 어울리는 그림이긴 하네요."

아직도 소혜는 약간 뾰로통한 기분이 말투에 남아 있다.

"저기 골프를 치는 사내는 나라고 하고, 그 옆에 캐디는……."

"저라고 하지요. 뭐."

"그럴까."

소혜는 벽화 앞 태오 옆에서 유심히 그림을 한참이나 바라보더니 갑자기 그의 손을 잡고 호텔 로비 쪽으로 간다. 태오는 그녀를 따라가면서도 어안이 벙벙하다. 지금 그녀가 무엇을 하려는지 알 수가 없다. 그때다. 어디선가 익숙한 목소리가 들려온다.

"너 소혜지? 아니, 태오 선생님도……."

하은이다. 소혜와 태오 둘을 번갈아 보며 그녀가 놀라는 표정이다.

"둘이 서로 잘 아는 사이야?"

소혜는 당혹감을 감추지 못한다. 태오는 이미 하은을 잘 알고 있는 친숙한 사이인 듯, 서양 사람들처럼 가벼운 포옹으로 인사를 한다.

"하은 선배가 여기 어쩐 일이우?"

"나, 여기서 일하고 있어. 저기 꽃집."

"그림은?"

"진작 그만뒀지. 태오 선생님과 아는 사이야?"

"네. 그런데 어떻게 선배는 태오 선생님과 아시나요?"

"우리 꽃집 단골손님이야."

"네?"

태오는 소혜와 하은을 번갈아 보며 빙그레 웃는다. 태오는 이 호텔 헬스클럽 회원권을 가지고 있어서 자주 들러 수영도 하고 골프 연습도 하고 또 파3 골프장에서 가끔 골프도 친다. 그러다 보니 여기 꽃집을 경영하고 있는 하은을 알게 된 것이다. 태오 조카 결혼식을 이 호텔 별관 음식점인 낙원가든 앞뜰에서 전통 혼례로 치렀는데, 꽃장식을 호텔 내에 있는 하은이 운영하는 꽃집에서 맡아서 했다. 그 후 태오가 자주 헬스클럽에 드나들면서 오다가다 하은과 마주치면 커피도 마시고 식사도 함께하며 제법 가까운 사이가 되었다. 무엇보다 미술을 좋아하는 소설가 태오와 미술을 전공한 하은이어서 예술에 대한 이야기를 하다 보니 더 가까워졌다.

하은은 오래전 수덕사에서 소혜에게 충격적인 보디 페인팅을 제안했던 그 4학년 선배였다. 그녀는 졸업하자마자 결혼했으나 남매를 두고 남편이 먼저 교통사고로 세상을 떠났다. 그림 그리는 것보다 하루하루 생계가 우선이어서 결국 미술을 버리고 꽃집을 경영하면서 살고 있는 것이다. 결혼 후 전업주부로 살면서 취미 삼아 배운 꽃꽂이가 남편 사별 후 생계수단이 되었다. 이 호텔 벽화를 그린 이종 화백이 하은의 가까운 친척이다. 하은 가족은 미술에 소질이 많아서 미술계통에서 일하는 사람이 많다. 하은의 남편이 죽고 아이들을 키우면서 경제적으로 어려움이 많았을 때, 이종 화백이 친구인 호텔 사장에게 부탁을 해서 꽃집을 경영하게 주선해 주었다. 그 후, 시간이 흐르면서 태오와 하은은 자주 만나 남들이 보면 부부처럼 스스럼없는 사이가 되었다. 둘은 서로 예술적 감성이 잘 통해 가까운 친구가 되었다.

"우리 저기 커피숍으로 갑시다."

태오는 항상 이 커피숍에 들를 때마다 앉게 되는 자리로 소혜와 하은을 데리고 갔다. 별로 손님들이 앉지 않는 좀 구석진 자리여서 그가 올 때마다 거의 비어 있는 자리다. 태오가 하은과 만날 때도, 소혜와 만날 때도 고정자리가 되다시피 한 자리다. 가끔 누군가 이 자리에 앉아 있을 때는 할 수 없이 가까운 다른 자리에 앉아 있다가, 그 손님들이 일어서면 재빨리 그 전용석으로 옮겨 앉곤 했다.

"여기는 항상 우리가 앉았던 자린데……."

소혜는 하은을 바라보며 '우리'라는 말에 힘을 주었다.

"그래? 나도 태오 선생님과 만날 때는 여기에 앉아 커피를 마시는데……."

"참 이상해요. 사람들은 한번 앉았던 자리를 계속 찾게 되지요. 패키지 버스 여행을 할 때, 대부분 사람들이 첫날 한번 자리를 잡으면 여행 끝날까지 그 자리에 앉게 되는 것처럼."

"아마, 사람들은 익숙한 것을 좋아하나 봐요."

"익숙한 것이라……. 맞아요. 모임에서도 보면 새로 사람을 사귀는 것보다 조금 마음에 들지 않아도 어지간하면 알던 사람과 함께 어울리게 되지요. 그럼 나는 하은씨가 익숙할까, 소혜씨가 익숙할까."

"네? 익숙하다니요?"

두 여인의 입에서 동시에 나온 목소리다. 하지만 소혜도 하은도 자기가 태오와 더 익숙할 것이라 생각한다.

*

소혜와 하은은 졸업하고 처음 만난 것이다.

"얘 소혜야. 그때 보디 페인팅 탁본 뜬 것 혹시 아직도 가지고 있니?"

"네? 무슨 말인지……."

소혜가 놀라 말꼬리를 흐린다.

"우리 오래전, 그 수덕사에서 그림 그렸을 때 말야."

"아니 그런 걸 아직도 가지고 있나요?"

"무슨 그림?"

태오가 묻는다.

소혜는 서둘러 얼버무린다.

"아니, 사실은 언니가 4학년, 제가 2학년일 때 수덕사에 가서 그림을 그렸거든요."

소혜가 건너편에 있는 하은에게 난처한 듯 눈짓을 한다.

"그런 게 있어요."

하은도 서둘러 이야기를 얼버무린다.

"그런데 언니 왜 미술을 그만두었어요? 우리 대학에서 그림을 제일 잘 그린다고 교수님들이 엄청 칭찬했었는데……."

"아무리 잘 그리면 뭐하니. 팔려야 말이지. 졸업하자마자 결혼했지. 애들 둘 낳고 남편이 교통사고로 죽었어. 먹고 살려고 하니 별수 있니. 그림은 사치야. 세계에서 국민 일인당 화가 수가 제일 많은 나라가 한국이래. 이종 화백 정도는 돼야 그림으로 먹고살지. 그런데 그렇게 되기 위해서는 그림도 잘 그려야 하지만 운도 억세게 좋아야 한다."

"하기야 세상살이가 70프로는 운이고 30프로만이 본인 하기 나름이라 하더군요. 창조주가 그렇게 정했대요. 머리도, 소질도, 운명도 모두 타고난 거래요. 우리가 할 수 있는 일이란 겨우 30프로……. 아니 그것도 많을지 모르지요. 10프로나 될까. 이미 설계도와 골조는 다 창조주가 만들어 놨고, 우리는 그저 우리에게 주어진 운명의 집에 인테리어나 할 수 있을까……. 어떤 위치에 있든지 행복은 주어진 환경에 얼마나 만족할 수 있느냐에 따라 결정되는 거구요."

소혜가 늘 하는 말이다. 모든 게 운명이라고. 자기가 태오를 사랑하게 된 것조차도.

"'이래야 행복하다'라는 정의는 딱히 없어요. 행복도 생각하기 나름이에요. 하은씨 행복하지요? 저를 만나면 특히……."

태오가 은근한 미소로 하은을 위로하는 표정이 역력하다.

"그래요, 엄청 행복하거든요."

눈을 살짝 흘기는 모습이 오늘따라 유난히 매력이 넘친다.

"그렇게 말씀하시니 그럴 것도 같네요. 우리가 어떤 남자에게 필이 꽂히면, 남의 눈에는 그게 불행할 것처럼 보여도, 당사자는 불나비처럼 다가가지요."

소혜는 태오를 생각하며 하은에게 대들듯이 말을 한다.

"정신분석학에서는 아주 어릴 때의 경험이 바로 운명의 설계도나 골조 같은 역할을 한다고 해요. 종교인들은 신이 만들었다고 주장하고……."

"어떤 게 맞는지 모르지만 두 의견 모두 수긍이 가네요."

'내가 태오씨를 좋아하는 것도 운명일까?' 소혜는 속으로 중얼거리며 창밖을 내다본다. 아직은 초봄이라 앙상한 가지 사이로 참새들이 떼 지어 몰려다니며 재잘대고 있다. 소혜는 참새 떼들이 재잘거리며 이리저리 몰려다니는 것을 보면 항상 자식 없는 슬픔이 밀려온다.

미술대학 동아리 회장인 하은 앞에만 서면 소혜는 늘 주눅이 들었다. 미모도 뛰어난 데다가 성격이 활달하고 모든 어려움을 척척 해결하는 하은. 게다가 그림도 잘 그려서 대학 다닐 때 모두의 부러움을 샀던 그녀.

　오늘 하은이 태오와 다정스레 이야기를 주고받는 것을 보니 서로 아주 가깝다는 것을 느낄 수 있어서 질투심이 솟는다. 오랜 오누이처럼, 애인처럼, 친구처럼 대화가 스스럼없다. 이야기하면서 때때로 둘은 스킨십도 자연스럽다.

　"선생님 언제 우리 한잔해요. 소혜도 가끔 연락하고……."

　하은이 아쉬운 듯 엉거주춤 일어선다.

　"선배, 오늘 바쁘세요? 오랜만에 만났는데 저녁 식사나 함께하시지요."

　"오늘은 안 돼. 호텔에서 있을 저녁 행사 꽃단장을 해야 하거든."

　"하은씨가 시간 되면 전화해요. 나야 날마다 운동하러 여기 오니까."

　하은이 멀어지자 태오는 소혜를 의식한 듯 말을 이었다.

　"하은씨는 참으로 씩씩한 남자 같아. 남편이 죽고 힘들게 애들을 키우면서도 저렇게 그늘도 없이 활달하고 명랑하고……."

　소혜는 자기 마음을 잘 열지 않는 내성적인 성격인 반면, 하은은 누구와도 친구가 될 수 있는 전형적인 외향적 성격의 소유자다. 소혜는 오늘 셋이 만났을 때 자신만 소외된 것처럼 느꼈다.

　"선생님, 우리 저기 화단으로 나가 볼래요? 봄이 어떻게 오고 있는지 보고 싶어요.

　둘은 밖으로 나갔다. 호텔 정원에는 벌써 이름 모를 풀들이 파란 기운을 밀어 올리고 있다.

"아니 복수초가 여기에도 있네."

산속에 피는 복수초를 옮겨다 심은 듯 노란 꽃이 한껏 자태를 뽐내고 있다. 오후가 되어서인지 수줍은 듯 꽃잎을 오므리고 있는 모습이 더욱 아름답다.

"활짝 핀 꽃보다 조금은 수줍은 듯 오므리고 있는 모습이 소혜를 닮았네. 참 귀엽다."

"제가 뭐 어린앤가요. 귀엽다고……."

소혜는 조금 전 헤어진 하은에 대한 질투심을 그가 눈치챌까 봐 애써 숨겼다. 그녀는 자신이 하은과 상반된 성격이라 마음에 들지 않는다. 그동안 태오를 사랑하면서도 그의 품에 스스럼없이 안겨본 적은 물론 손을 잡고 걸어본 적도 별로 없었다.

"꽃말은 '슬픈 추억'과 '영원한 행복'이라고 하더군. 꽃잎을 닫고 있다가 일출과 함께 점차 펼치고, 오후 세 시가 지나면 꽃잎을 다시 오므리기 시작하는 것이 마치 우리 일생 같다고 할 수 있을지……."

태오는 아마추어 사진작가여서 특히 식물에 관심이 많고 아는 게 많다.

"복수초 시계로 본다면 저는 지금 몇 시일까요? 제 나이가 마흔아홉이니까 오후 두 시?"

"요즘 사람의 기대수명이 백이십 세쯤으로 늘었다고 하니까 열한 시쯤 아니 열시? 복수초가 가장 만개할 시간. 소혜는 그런 모습이야."

"요즘 거울을 보면 얼굴에 팔자 주름이 생기려고 해요. 늙어간다는 증거가 아닐까, 속상해 죽겠어요."

"무슨 말씀을……. 한창 피어나는 꽃이라니까."

"정말? 그런데 왜 복수초의 꽃말이 '슬픈 추억'과 '영원한 행복'이래요? 서로 상반된 의미 아닌가요?"

"글쎄. 행복에는 약간의 슬픈 추억이 있어야 하는 게 아닐까? 슬픈 추억이라는 단어 자체에, 뭐랄까……. 행복의 향기가 묻어 있는 것 같은데……. 슬픈 추억이라는 말은 불행하다는 의미보다는 행복 쪽에 가깝게 느껴져. 세상살이가 너무 해피한 것만 널려 있으면 좀 지루하지 않을까? 어느 정도의 슬픔도 있어야 팽팽한 행복이 되지 않을까 싶네."

"느슨한 행복, 팽팽한 행복……. 말 되네요. 세상이 너무 기쁘기만 하고, 너무 환하기만 하면 지루할 거예요. 그래서 조물주는 슬픔도 기쁨과 함께 가끔은 우리 삶에 양념처럼 뿌려주고 계신 거겠지요. 저에게 어린애를 주시지 않는 것은 아마도 창조주의 그런 깊은 뜻?"

"그럴지도 모르지. 소혜는 아이가 없는 것을 제외하고는 어려움이 없는 것 같은데. 경제적으로도 걱정이 없고, 하고 싶은 그림도 걱정 없이 그리고, 남편 사랑도 지극하고……."

소혜는 남편 얼굴이 떠오른다. 사랑이라는 단어보다는 집착이라는 단어가 겹쳐온다. 어떤 때는 남편이라는 감옥을 탈출하고 싶을 때도 적지 않다. 그녀가 남편 생각을 떨쳐버리려는 듯 태오의 팔에 팔짱을 낀다.

"저기 저 꽃은 수선화가 아닌가요?"

"그렇군. 봄에는 노랑꽃이 많아. 노란색은 봄의 빛깔이랄까. 희망의 빛깔……."

"오늘 복수초도, 수선화도 봤으니 우리에게 희망이 있네요."

소혜가 갑자기 태오의 팔을 잡아끌고 호텔 로비에 있는 데스크로 간다.

"지금 빈방 있어요?"

"네, 503호를 이용하실 수가 있습니다."

"키를 주세요."

열쇠를 받아든 소혜가 태오를 이끌고 엘리베이터로 간다.

"……."

태오는 얼떨떨하다. 키스는 물론 손을 잡는 것조차 꺼리던 소혜가 무슨 일로 저리 서두르는지 알 수 없다는 표정이다.

방에 들어서자 소혜는 깊은 키스를 태오에게 퍼붓는다. 그녀의 몸이 달아오르기 시작하자 옷을 다 벗고 침대에 반드시 눕는다. 그런데 태오가 알몸으로 그녀에게 다가오자 이상하게 그의 배 위에 구피의 허연 배때기와 엄마의 부르튼 얼굴이 파노라마처럼 자꾸 어른거린다. 소혜 몸이 굳어진다. 막 태오가 하체를 밀착하며 들어오려고 하자 알 수 없는 강한 통증이 밀려온다. 그녀의 몸이 태오를 거부한다.

"아파요. 왜 그러지?"

태오는 계속 그녀 속으로 들어가려 하지만 소혜의 문이 열리지 않는다. 몇 번이고 시도하다가 태오는 계면쩍게 그녀 몸에서 내려와 옆에 눕는다.

"쌤, 내가 오늘 왜 이러죠? 자주 쌤과 몸을 섞는 환상에 빠지곤 했는데……. 어떤 때는 남편과 섹스를 할 때도 쌤인 줄 착각할 때도 있었는데……."

조금 전 화단 가에서 본 복수초의 꽃말이 슬픈 추억이라 했던가. 오늘 슬픈 추억을 만들고 있는 것은 아닐까. 그러나 복수초의 꽃말처럼 영원한 행복을 위한 슬픈 추억이라고 소혜는 생각하고 싶다.

단편집 『리비도의 그림자』 시놉시스

1. 「리비도의 그림자」: 수도원 관리인으로 있는 소유의 참회의 삶을 통해, 하나님의 사랑이란, 이성 간의 사랑이란, 우리의 삶에 어떤 모습으로 나타나는가?를 질문해 본다.

소유는 신학을 전공하였으나 목회자가 될 자신이 없어, 무역회사를 거쳐 갤러리 관리인으로 근무하다가, 부정한 아내의 자살로 수도원에 머물게 되지만, 교회에서 사귄 선미와의 미련과 싸우고 있다. 선미는 남편이 있으나 소유를 사랑하게 된 자유분방한 여인으로 결국 이혼하고 고향으로 내려가 소유와는 다시 만날 수 없게 된다.

2. 「메멘토 모리」: 각종 어려움에도 불구하고 큰 교회를 이루어 세상적으로는 성공했으나, 내면적으로는 처절하게 좌절한 목회자가 자기를 찾아가는 과정을 그렸다.

부인이 결혼하기 전에 남의 아이를 갖은 줄 모른 채 결혼한 목회자가 가지고 있는 트라우마가 야기한, 목회자의 방황과 제자리를 찾아가는 심리상태를 천착하였다.

3. 「2068년 솔롱고스로의 여행」: AI가 생활을 지배하고 있는 미래세계를 기독교인의 입장에서 그리고 있다. 주인공 녹산이 환상 속에서 솔롱고스(심재원)를 방문하여, 안내원 에스더의 안내로 현재 우리가 직면하고 있는 다양한 문제에 대한 진단과 미래 전망을 담고 있다.

4. 「가면무도회」: 타고난 성격과 다르게, 원하지 않는 운동권으로 끌려 들어간 대학교수의 고뇌를 다루고 있다. 대학의 미투 사건을 통해, 그럴듯한 명분을 내세운 가증스러운 지식인의 행태를 살펴 보았다.

미술을 전공한 주인공인 박영태교수는 자의 반 타의 반으로 노동운동을 했던 전력이 있다. 신춘문예를 통해 미술평론으로 등단하여 대학교수가 될 수 있었으나, 성격이 우유부단하여 사건에 잘 휘말린다. 조민기교수 역시 노조활동을 통해 알게 된 영태를 이용하여 대학교수로 들어가지만, 결국 영태를 궁지에 몰아넣는다.

5. 「버려진 등대」: 스승과 제자의 순수한 사랑이, 미투라는 사회의 지탄에 부대끼면서 어떻게 정의될 수 있을까? 하는 문제를 다뤘다. 순구는 국문과를 졸업하고 대학에서 문화평론을 강의하고 있다. 조교인 경화는 순구를 손발처럼 도와주며 진심으로 사

랑한다. 경화의 같은 과 동기생인 현수는 경화와 결혼을 약속한 사이로 순구와 경화의 육체적인 관계를 알았음에도 경화에 대한 사랑은 변함없다.

  6. 「붉은 보름달」: 성장 배경이 상이한 주인공 부부가 사회 시스템의 톱니바퀴에 끼어 희생되어 가고 있는 사건을 다룬다. 인류대학을 나온 덕택에, 화려한 직장과 저명한 인사의 딸을 아내로 맞은 가난한 시골 출신의 중년 남자의 죽음을 통해, 순수한 사랑을 생각해본다.

  주인공 동수는 잘나가는 은행원으로, 부잣집 외동딸인 명지와 결혼하지만 간암으로 죽음에 이른다. 은행장 외동딸 명지는 동수와 결혼하지만 오직 화랑을 키우기 위해 전심전력하면서 가정에는 소홀했다. 한편, 동수가 명지를 알기 전 사귀었던 은하는 겨우 여상을 나와 직장생활을 하던 중 동수의 아이를 가졌으나 지우고 다른 남자와 결혼하여 잘 살고 있다.

  7. 「따뜻한 달빛」: 젊었을 때의 꿈이 화가였던 주인공 수하는, 중년에 이르러 비교적 성공적인 첫 번째 미술 개인전을 갖게 되지만, 심리적으로는 방황하고 있는 이야기를 통해 참다운 성공이란 무엇인지 묻게 된다.

  8. 「뱀 세 마리」: 빈둥지증후군을 앓고 있는 여인이, 별장에서 불에 타 죽은 이야기를, 베토벤의 「운명」에 기대어 묘사하고 있

다. 주인공 성혜는 자살에 이르는 잉여인간인 셈이다. 성혜 친구인 자은은 피아노를 전공했으나, 교통사고로 남편을 잃고 성해 별장을 관리하면서 카페를 운영하고 있다.

9. 「복수초 꽃말」: 중요한 사람에게 접근하는 것이 두려운 심리적 어려움이 있는 주인공의 심리기제를 다룬다. 일반적으로 친밀한 관계가 될 만하면 멀어지려고 하는 심리상태가 인간의 마음에는 존재하게 되는데, 이는 살아오는 동안의 경험이 개인무의식에 쌓여 삶에 영향을 미치기 때문이다.

주인공 소혜는 미술대학 때 예기치 못한 성관계의 부작용으로 자식을 낳을 수 없게 되었으며, 무의미한 삶을 탈피하기 위해 남편이 아닌 태오와의 사랑으로 돌파구를 모색하지만, 몸은 이를 거부한다.

| 해설 |

통합예술을 지향하는 심재형心齋兄에게

우한용(禹漢鎔)
(소설가, 서울대 명예교수)

잘 알기 때문에 어려운 일이 있다. 잘 아는 친구의 글에 대해 말을 덧붙이는 게 그중 하나다. 심재형의 소설집 『리비도의 그림자』에 발문을 쓰는 일은, 내가 그를 잘 알기 때문에 오히려 쉽지 않다.

누구를 잘 안다는 것은 대개는 착각이다. 세상에 내가 잘 알 만큼 그렇게 홑겹으로 된 인간은 존재하지 않는다. 내가 심재형을 만나 알고 지내기 50년에 5년을 더한다.

심재형은 대학에서 영문학을 공부했다. 국회에서 일한다 하더니 경영학을 공부해서 학위를 받고 대학에서 경영학 가르치면서 직업세계를 마무리했다. 신학을 공부하더니 실감이 적다고 처음 시작했던 문학으로 돌아갔다. 시인으로 등단해서 쓴 시를 예술론과 결부지어 이론화하는 논문으로 '문학박사'가 되었다. 그림을 그려 개인전을 열기도 했다. 상담학을 공부해서 상담 실무를 하기도 한다. 이번 소설집에 실린 작품들이 정신분석학의 모티프를 채용하고 있는 까닭도 상담 체험에 연유하는 걸로 생각된다.

심재형이 시작업(詩作業)에 대해 시들해지는 낌새를 알아채고, 소설을 써보라고 콧바람을 불어넣었다. (내 기억이 정확한지는 잘 모르겠다.) 그 이야기를 한 지 육개월이나 지나서였을 것이다. 등단을 했노라고, 등단 잡지를 우편으로 보내왔다. 이번 작품집에 들어 있는 '복수초 꽃말'이 그 작품이다. 물론 디테일은 손질을 한 걸로 보인다. 거기서부터 소설 혹은 문학과 회화의 연관성에 주목하고, 그게 충동하는 성적 욕망으로 일그러지는 인간사를 그리는 데 집중해왔다. 이번에 상재하는 작품집을 일별하면 그 방향으로 지속적인 작업을 해온 걸로 보인다.

그림이나 소설이나 인간 욕망에 뿌리를 두고 있다. 물론 인간 욕망을 소거하는 데 몰두하는 인물을 그리는 소설이 불가능하지는 않을 것이다. 그러나 심재형은 인간 욕망을 다층적으로 그려내는 작업을 계속해나간다. 사랑과 성, 세속적 성공과 허위의식, 이상세계 구축의 유토피아적 욕망에 이르기까지 '탐구'의 대상으로 삼는다. 탐구라는 말이 좀 어색할 수도 있다. 그러나 소설 쓰기는 결국 인간에 대한 탐구다. 그런데 그 인간이 도무지 규정이 안 되는 존재다. 끝장낼 수 없는 존재(inexhaustible being)가 인간이다. 다른 말로 설명이 안 되는(inexplicable) 존재가 인간이다. 끝내 설명이 안 되는 인간 심리의 심연을, 심리학에서는 리비도라 한다. 소설집 제목에 쓰인 그 '리비도'도 같은 뜻이다.

인간은 불가사의의 심연이다. 그 어두운 늪에 빛을 들이댄 것은 상담심리학 혹은 정신분석학이다. 인간의 마음 즉 심리는 다층구조로 되어 있다. 위에서 아래 방향으로, 수퍼에고, 에고, 이드 세 층위가 설정된다. 수퍼에고는 예의 염치 등으로 표상된다. 이는 인간 존재를 버텨주는 가면이다. 이드는 영어의 it에 해당하는 라틴어 중성대명사다. 이름 붙일 수 없는 충동, 욕망, 욕구가 이

드인데, 이는 아랫배에서 시도 때도 없이 불끈거린다.
　라틴어 에고는 일인칭 단수 대명사다. 쉽게 '나'를 뜻한다. 그런데 그 나는 도무지 설명이 되지 않는 존재다. 가면과 욕망이 뒤엉켜 있기 때문이다. 이 둘을 적절히 통제하여 새로운 '나'를 만들어야 한다. 그게 진아(眞我)로 표현되는 '자아' 즉 에고다. 자아는 사회적 존재를 상정하기도 하고 명상을 통해 도달할 수 있는 평정심을 뜻하기도 한다.
　이 통정된 자아는 정태적 구조가 아니다. 자아는 부단히 움직이는 역동상으로 존재한다. 역동태인 자아를 움직여가는 근원적인 힘이 무엇인지는 명확하지 않다. 그 존재는 분명히 인식할 수 있는데 정체를 드러내지 않는 힘을 '리비도'라 한다.
　리비도는 그 자체로는 방향이 잡혀 있지 않다. 삶과 죽음 양편을 동시에 향하고 있는 에너지이기 때문이다. 생을 지향하는 에너지가 '에로스'이다. 스피노자의 '코나투스'나 베르그송의 '엘랑비탈'이 이 영역의 에너지에 해당한다. 그 맞은편에 죽음을 향하는 충동인 '타나토스'가 존재한다. 이 두 방향의 에너지가 인간 존재 안에 공존한다. 그런데 인간은 리비도를 직설적으로 드러내지 않는다. 상징의 의미장에 감추어 두기도 하고, 문화라는 장치에 넣어두고 베일을 치기도 한다.
　리비도를 드러내는 핵심어 가운데 하나가 성적 욕망이다. 성적 욕망은 인간의 가면인 수퍼에고를 벗겨내려고 몸부림한다. 이 몸부림은 예술의 베일로 치환되기도 한다. 예술의 이름으로 욕망을 해소하는 것이다. 예술은 리비도의 그림자인 셈이다. 그러니까 『리비도의 그림자』는 예술소설을 지향하는 걸로 읽힌다.

이 소설집의 표제작인 『리비도의 그림자』에서 심재형은 '사랑'의 문제에 집중한다. 이 작품의 작중인물 소유는 대학에서 신학을 전공했다. 그런데 목회자가 되는 데에는 자신이 없다. 무역회사에 근무하다가 갤러리 관리인으로 자리를 옮긴다. 아내가 부정을 저지르고 자살하면서 수도원에 관리인으로 머물게 된다. 교회에서 사귄 선미라는 연인과 또 관계를 맺는다. 선미는 자유분방한 여성으로 남편과 이혼하고 고향으로 내려가 소유와는 다시 만나지 못한다.(작중인물 이름이 재미있다. 에리히 프롬의 명저 『소유와 존재』에서 그 '소유'를 상기한다. 전정한 자아를 상실한 껍데기 인간이 소유다.)

이 작품은 심재형이 추구하는 소설 세계의 한 전형을 보여 준다. 그 전형성의 한 특징이 소설 구성을 삼각형적으로 한다는 점이다. 독자들이 잘 알고 있을 터이지만, 근대적인 욕망은 간접화된다는 것이 두드러진 특징이다. 사랑은 욕망의 선명한 형태다. 이를 사랑의 중개현상이라고 설명함으로써 근대의 심리구조와 사회구조의 동질성을 증명함으로써 소설의 이론을 정립한 것은 르네 지라르다. 욕망의 간접화 양상을 따라 『낭만적 거짓과 소설적 진실』을 읽어낸 학술적 공적은 매우 크다고 평가된다.

사랑의 삼각형을 소설의 플롯으로 수용할 경우에는 형편이 달라진다, 사랑의 갈등을 '삼각관계'로 설정하면 소설의 방향이 플롯 중심으로 기울게 된다. 애정갈등이 사람에 대한 본질적 사유를 훼방할 수 있기 때문이다. 이 삼각형적 사랑의 구도를 겹쳐놓을 경우 사랑의 행각을 추적하느라고 사랑의 깊이는 독자의 의식 지평 저쪽으로 사라질 수 있다. 그런데 연애는 삼각관계라야 서스펜스가 유지된다. 사랑의 깊이 혹은 본질과 연관된 사색을 드러내기 위해서는 삼각구도에 타고 있는 플롯 형식에 대한 성찰이 필요하지 않겠나.

　사랑을 다루는 소설에서 사랑을 직설적으로 이야기하는 것은 일종의 타부다. 사랑을 정의하는 것은 심리학자들의 과업이다. 소설가는 사랑에 형상을 입혀 구체화해야 한다. 물론 심재형의 소설에서 그 형상적 특성이 잘 드러난다. 그러나 때로 작중인물들의 입을 통해, 혹은 서술자를 통해 '사랑'이니 '정신분석학'이니 하는 이야기를 하는 것은 소설의 형상성을 저해하는 요소가 되기도 한다.

　작가들은 대개 한번쯤은 '도화원기'를 쓰고 싶어 한다. 현실이 고달프고 비루하기 때문에 도화원을 그리는 것은 작가의 보편적 요구이다. 화가라면 '몽유도원도'를 그리고 싶어 할 것이다. 심재형은 화가이기도 하니 '몽유도원도'를 꿈꾸고 있을 법하다. 심재형의 경우, 『2068년 솔롱고스로의 여행』이란 작품에서 유토피아적 상상력으로 갈등이 정화되고 선의의 인간들이 이룩하는 세계를 꿈꾸고 있다. 45년 후, AI가 하나님의 뜻을 따라 세계를 이끌어가는 비전을 제시한다. 시인 소설가의 세계구상은 비소설적이다. 현실을 재료로 해서는 세계를 구상할 수 없다. 그래서 돈키호테처럼 이룰 수 없는 꿈을 꾼다. 그 꿈이 너무 노골적이면 '세속의 미학'을 지향하는 소설에서 멀어질 염려가 있다. 소설이 우화 차원으로 내려앉는다는 뜻이다.

　파우스트는 세상의 환락과 성공의 극점에 달했을 때, 영혼을 악마에게 넘겨준다. 그러나 악마의 늪에 떨어지지 않고 '영원히 여성적인 것'에 의해 구원을 받는다. 그런데 그 여성적인 것이 재미있다. '영원히 여성적인 것(das Ewig- Weibliche)'은 처녀가 아니라 주부, 어머니 같은 속성을 환기한다. 이는 가임성, 생산성을 뜻한다. 노자의 현빈(玄牝)을 상기하게 한다. 우주의 뿌리에 닿아 있는 존재에게 파멸은 없다. 구원이 예비되어 있을 뿐이다.

심재형은 아름다운 아내와 서울과 시골을 오가면서 역동적인 활동을 전개하고 있다. 심재형의 아내는 나이가 들어도 아름답다. 심재형은 추구하고자 하는 일 가운데 성취하지 못한 게 없다. 문학으로 좁혀서 더 이룩하고자 하는 게 무엇일까. 서정성 깃든 서사로 구성하는 동화가 남아 있을 듯하다. 그러나 동화(童話)라는 장르 구속성은 또 벗어나야 하는 문제가 과제로 등장한다.

인간은 복합적이고 다중적인 유기체이다. 심재형은 이런 인간의 특성을 전형적으로 보여준다. 그렇게 살아왔다. 그리고 추구하는 일마다 일정 정도의 성과를 이루었다. 그러니 다른 것, 새로운 것 도모하기보다는 해오던 대로 통합예술가로, 총체적인 교양인으로 정진하기를 바란다. 심재형에게 일모도원(日暮途遠) 같은 어구는 한갓된 클리셰에 불과하다는 것을 실증하면서, 즐거운 소설쓰기를 지속하기 바란다. 소설에 수용하지 못할 장르는 없다. 어떤 논자의 말대로 소설은 '대식가'를 닮은 장르다.

소설의 길에 종착역은 없다. 소설의 결말은 늘 새로운 시작이다. 내일은 새로운 해가 뜰 것이다. 새로 뜨는 해는 필연적으로 새로운 이야기를 만들어낸다. 새로운 이야기는 새로운 형식을 요한다. 그게 어떤 것이지는 아직 결정되어 있지 않다. 이 비결정성이 소설 쓰는 사람의 희망이다.

통합예술가의 앞길에 햇살 찬란히 내리길 바라는 마음 간절함이여!

국제PEN한국본부
창립70주년기념 산문선집 09

리비도의 그림자

발행일 2024년 1월 9일

지은이 김철교

발행인 강병욱
발행처 도서출판 교음사

03147 서울 종로구 삼일대로 457 수운회관 1308호
Tel (02) 737—7081, 739—7879(Fax)
e—mail : gyoeum@daum.net
등록 / 제2007—000052호

* 잘못된 책은 바꿔 드립니다. 값 13,000원

ISBN 978-89-7814-949-5 03810

— 이 책 내용의 전부 또는 일부를 재사용하려면 저작권자와 교음사의 동의를 받아야
 합니다. 지은이와의 협의 하에 인지는 생략합니다.